中国书籍文学馆·轻散文卷

半梦半醒之间

郝炜 著

中国书籍出版社
China Book Press

图书在版编目（CIP）数据

半梦半醒之间 / 郝炜著 . —北京：中国书籍出版社，2013.5
ISBN 978-7-5068-3478-0

Ⅰ.①半… Ⅱ.①郝… Ⅲ.①散文集—中国—当代 Ⅳ.①I267

中国版本图书馆 CIP 数据核字（2013）第 081707 号

半梦半醒之间

郝　炜　著

策划编辑	武　斌　陈　武
责任编辑	牛　超
责任印制	孙马飞　马　芝
出版发行	中国书籍出版社
地　　址	北京市丰台区三路居路 97 号（邮编：100073）
电　　话	(010) 52257143（总编室） (010) 52257153（发行部）
电子邮箱	chinabp@vip.sina.com
经　　销	全国新华书店
印　　刷	北京中华儿女印刷厂
开　　本	640 毫米 × 960 毫米 1/16
字　　数	230 千字
印　　张	17
版　　次	2013 年 9 月第 1 版　2019 年 4 月第 2 次印刷
书　　号	ISBN 978-7-5068-3478-0
定　　价	48.00 元

版权所有　翻印必究

总　序

人们感慨于生活压力越来越大、感慨于各种诱惑越来越多、感慨于被林林总总的大部头和眼花缭乱的图文书搞得不知所措时，我们精心打造的"轻散文"系列丛书，和广大读者见面了。

这既是一种全新的文体，也是一种全新的阅读方式。

我们所探索的"轻散文"，包括短而精美，轻而隽永；也包括回归自然，回归质朴。简单说，就是写自己日常的生活，写自己内心的感受。对所见所感如实呈现，对所思所想真诚相告。并希望，在人们对当下生活渐感浮躁和麻木的时候，能够发现生活的新奇和诗意，发现周围的平淡和美丽。这种写作的价值，事实上是散文文本的一种尝试，也是倡导一种新的写作姿态，即，精短而真实，亲切而和谐，自觉降低观察生活的视点，呈现那些很少被人关注或者未曾发现的视阈，在快节奏的现代生活中，仔细并缓慢地品咂日常凡俗的美感和复杂，品咂生活的温润和愉悦，安抚当下人凌乱而无处寄托的情思，表达出对生命的尊重，对生活的礼赞，重新回到崇尚真实、体悟自身存在的散文传统，以改变当下散文的浮躁和矫饰。同时，也切合阅读者内心的感受，不知不觉中，和作者进行文本的互动和心灵的沟通。

不可否认，"文化散文"、"学者散文"、"历史散文"等所谓的"大散文"，推动了散文的复兴和发展。但是，现代散文的发展和流变，从来都是多元并进才枝繁叶茂的。"轻散文"概念的提出和实践，可以看作是对传统生活类散文的回归和创新。周作人的平和冲淡，梁实秋的"雅舍小品"、俞平伯的委婉清丽、林语堂的活泼幽默、孙犁的"芸斋"散札，皆可视为"轻散文"的前辈经典。孙犁说："我仍以为，所谓美，在于朴素自然，以文章而论，则当重视真情实感，修辞语法。"

所以，我们推出的这套"轻散文"，就不仅仅是追求文章的精美和短小，更是文风和理念的革命：文虽短小，意趣不小，有精神的见解，有优美的意境，有清新隽永的文采，更折射出时代的风貌和社会的深意。

这套"轻散文"读本，适合日常的阅读。无论你是学生，还是上班族；无论你是小资，还是蓝领；无论你从事什么样的职业，都能从书中发现自己的身影，找到阅读的乐趣和情感的依托。

编　者

[第一辑：与自然有关]

003 / 结果
005 / 果盆和果篮
006 / 红樱桃
008 / 紫丁香，白丁香
010 / 三叶草
012 / 北方的桃子
014 / 拉香瓜的毛驴
016 / 樱桃与鸟
018 / 夏天去果园
021 / 香瓜的气味
023 / 一种冰激凌的名字
025 / 松子
026 / 逃向空中的丝瓜
028 / 秋天的一些事情
031 / 炒松子
033 / 杀虫

036 / 某个夜晚和清晨
038 / 凤梨
039 / 与蒜有关
042 / 一夜怒放的花
044 / 泛滥的三角梅
047 / 救活一只小鸟
049 / 秋的感悟
051 / 卖核桃的女人
053 / 雾中的太阳
055 / 与鼠为邻
060 / 有些事情，做就是了
062 / 妻子的秋天

[第二辑：与情趣有关]

067 / 阴雨天的冷饮店
069 / 穿过小树林
070 / 迎接
073 / 戛然而止的歌声
074 / 变化
077 / 地震纪实
079 / 手风琴和老人
080 / 两个"甜品"
081 / 老食品
083 / 夜行
085 / 一个人的舞台
086 / 偶记
088 / 两头驴的区别
090 / 傍晚
094 / 散步
096 / 南方蛮子豆腐脑
098 / 染发

100 / "那不是手机，那是音乐"
102 / 错觉
103 / 固执的甲虫
105 / 饭店即景
109 / 老派人物
110 / 走神
112 / 早晨记事
114 / 鸡毛蒜皮的小事
118 / 我与奇石
120 / "贴声"
122 / 一条不开发票的鱼

[第三辑：与行走和亲情有关]

127 / 在列车连接处
129 / 行进着的早晨
132 / 在旅途
134 / 去天安门广场
136 / 唯美杭州
138 / 醒来的疼痛
140 / 妻子的好心
142 / 在王府井大街上
144 / 进站
146 / 在外地过年
148 / 三亚趣谈
151 / 看电影
153 / 居住在陌生的城市里
155 / 元宵节的苦恼
157 / 帮儿子搬家
159 / 与我生命相关的城市
162 / 自己做老板

164 / 与小侄女视频
167 / 和妻子逛街
169 / 成都的两个名胜
171 / 蚊子、蟑螂及其他
174 / 小店消费者
176 / 蒲松龄故居有感
179 / 家里的饭菜香
181 / 旅途纪实
184 / 在城里做农民
186 / 儿子教的道理
188 / 丢钥匙

[第四辑：与读写和人物有关]

193 / 葡萄架下的阅读
196 / 我看电影《梅兰芳》
198 / 关于写作
200 / 爱因斯坦的坦率
203 / 半梦半醒之间
205 / 喜欢一个作家
207 / 躺在沙发上看书
209 / 读书的选择
211 / 黄永玉的美丽文字
215 / 小说为缘
217 / 我读过的史上最长的书《6666》
219 / 年龄和面相
221 / 照片上的日子
223 / 年龄·寿命
225 / 人为的笼子
227 / 死亡的预感
229 / 夜思
231 / 朋友培光
234 / 上山
236 / 为了纪念的忘却
238 / 酒友 = 久友？
241 / 在 4S 店里
244 / 没带钥匙
247 / 同学归来
249 / 父亲的留声机
252 / 大舅的地质包
254 / 多少情爱在其间（代后记）

第一辑

与自然有关

结果

妻子从外面回来告诉我，果树结果了。

这不像是一个喜讯，果树不结果干什么呢？

可我还是怀着喜悦的心情出去察看，看看到底是哪些树结了果。啊呀，我惊喜地发现，许多树都结了果，而每棵果树的坐果方式又是不一样的：樱桃今年开花很旺，果却坐得很少。李子树也是，它们坐的果和开的花比起来，简直是天差地别，不成比例。梨树更糟糕，花都没开一瓣，更何谈结果？只有桃树最令人欣喜，每一个花朵里面都隐藏着一个小小的果实。

我回来对妻子说，咱家桃树今年坐果真多。

妻子正在切菜，她低着头说，多有啥用，还不是你一个人吃。

我知道她是有情绪，去年桃树只结了十几个桃，基本上都让我一个人吃了。

我打电话喜滋滋地告诉朋友，朋友说，开花的时候你应该适当地摇落一些，要不果实太多，果树会累坏的。朋友是这方面的专家。

我说，现在呢，现在怎么办。

朋友想了想说，你适当掐下一些。

我再次站到桃树下，想按照朋友的意思去办，可是哪一个都舍不得，就像常理所说的，手心手背都是肉啊！

我没舍得动，结果可想而知——夏天的时候，树都压弯了。

这当然是后话，悔之晚矣。

果盆和果篮

我们最早装水果是用塑料做的果盘，后来增加了两样新的家什，果盘就退位了。

这两个新家什一洋一中，一个是果盆，一个是果篮。

果盆买得早，是去年在北京宜家瑞典有限公司开的购物超市里买的。超市里卖的全是外国的家具和日用品，我无意中相中了这个木盆，提出要买，妻子当时还有些相不中，问儿子，儿子说挺好看的，于是掏钱买下。是为"洋"盆。

不久前，我去花鸟鱼市闲逛，看中了一个木制的果篮，外形就是一个篮子，是一块木头做下来的，一问价，不贵，就买了下来，回家对妻子说朋友送的。是为"中"篮。

两样东西放在一起，起初看着不怎么和谐，有些别扭，一个高高地站着，和洋人那样有些居高临下。一个匍匐在一边，不声不响。我们按照实际给它们分了工，让它们发挥各自的作用：果盆里装一些坚果，诸如榛子、栗子以及花生、瓜子等。而果篮装真正的水果，比如桔子、香蕉、苹果之类的。

这样看起来，它们就和谐了。它们实际上也是有个性的，如果利用好了，它们还充满了美感。放在那里，它们也各自安歇，从无争执。

红樱桃

　　樱桃大概是最适宜在北方生长的水果了（如果它算作水果的话），它开花早，坐果早，因而也成熟早。只要一进六月份，它就开始悄悄地把自己镀红，先是一点一点的，接着就是一片一片的，一旦红起来，它就绝不隐藏自己，果断地在枝头上展露出来。

　　樱桃显眼的样子，很快就把鸟儿吸引来了。小鸟叽喳地叫着扑过来，落在枝头，它们以为这果实是为它们准备的，在树梢上蹦来跳去，从容地选择。它们并不贪婪，啄了三个五个，然后匆忙地飞走，其实并没有人吓它。它们也许是这样想的，反正多的是呢，下次再来吃吧。而下次再来已经没有了——人可是等不及了。

　　人当然早就盼望着了，人是在一旁盯着樱桃红起来的。不等樱桃彻底熟透，他们就把樱桃摘下来，或者吃掉，或者卖掉，人是不管不顾的，人总是比鸟儿聪明，比鸟儿更急迫。

　　樱桃是不起眼的水果，它在人们的眼中并不珍贵，它比不了那些来自南方的水果，比如荔枝，比如山竹。它随处可见，甚至连那些比它晚熟的诸如海棠啊李子啊梨啊什么的也比不了。只是因为它的早熟，人们才对它有一些青睐——毕竟其他的水果还没下来呢。

这从人们的吃法上也可以看出人们对它的轻蔑：吃其他水果，大都一个一个地吃。而吃樱桃呢，人们常常要一把一把地扔到嘴里，甚至连核都不吐，就咽将下去。

可是，只要你仔细观察，你会发现，樱桃是有许多独特之处的。

樱桃的外观是很漂亮的，它比几乎所有的水果都圆润光洁，曲线简洁明了，看上去玲珑剔透，如果落上雨水，简直像红宝石一样，熠熠生辉，雨后看它，那就是仙果了。

樱桃的果肉也很有特色，薄薄的一层皮，若有若无地包裹着果肉，和我们的嘴唇很相似。吃到嘴里，汁水丰盈，一股甜甜的味道瞬间溢满你的口腔。只要是细品，你就会感到，没有谁比它更适合人们食用，没有谁比它更对人类的味觉充满了体贴。

它其实也是娇滴滴的，很有高贵之气，你摘下不久，它就开始溃烂，甚至发酵，散发着一种糜烂的气味，从而表明它的珍贵。

世间的事儿，总是常见就显得普通，诸如樱桃。

紫丁香，白丁香

我其实是不怎么喜欢花的。可是，这个季节，只要你走在小区里，就到处一片花香。有什么办法呢？你的目光不得不被那些高大的丁香树吸引，那些满树的白花啊！它们缀满枝头，像落满了白色的蝴蝶。

我知道，白丁香是紫丁香的变种，在我看来，还是紫丁香有韵致，有风范。紫色其实是红色和蓝色之间的过渡颜色，是温暖和冷静的结合，是尊贵的颜色。

但是，白色的丁香就在你眼前，你有什么办法呢？它缟素的样子让你不得不怜爱，可你就是喜欢不起来。

我很喜欢雨后的丁香，好像不止是我，三四十年代的文人，许多都写过赞美丁香的诗文。比较著名的如戴望舒的《雨巷》，把他向往的女性比喻成一株丁香。"她是有／丁香一样的颜色，／丁香一样的芬芳，／丁香一样的忧愁。"丁香在他的眼里，已成美丽姑娘的化身。

我以为，雨后的丁香为人喜爱不仅仅是花的香味，它和一些情景联系在一起，有特殊的气氛。特别是当它和浓浓的爱意联在一起的时候，就别有另一种风情和滋味，花香四溢是一种滋味，暗香袭来又是一种滋味。

我近前打量,发现丁香花的花瓣呈炸裂状,好像刚刚蹦出的爆米花。而花蕊是黄色的,小精灵一样地从花心里探出,细细的,弱弱的,很娇羞的样子,似有若无,一触即碎。

走到远处我才发现,丁香树是无私的,它毫不隐藏自己,总是把花开放在枝头的最前端,仿佛一树的努力都是为了这美丽的绽放。

三叶草

自从知道了三叶草的名字,我就开始关注起它们来。

它们总是在草坪处出现,它们比那些草坪上的草要高出一些,颜色要深一些。主要是它们开出的花有些显眼,它们很会突出自己。

远远望去,三叶草都是一堆一簇的,它们很少单个出现——也许当初是单个出现的,因为那时不引人注意——它们悄悄努力,一旦人们发现了它们,它们已蓬勃起来,势如燎原。它们很有北方人爱看热闹的特点,只要有一个人在看,很快就聚成了一堆。不知为什么,三叶草四周的花儿总是开得鲜艳些,很像消夏的人们挤在一处,歌唱,或者扯成圈儿跳舞。

三叶草的生命力十分旺盛,我们家前面的草坪刚刚除过草,看上去它们已经全军覆没,灰飞烟灭,可是用不了多久,它们就又顽强地生长出来,并不以为然地很快就开出了白色的花朵,好像成心炫耀和气人似的。

看着它们蓬勃热烈的样子,我以为它们的花期会很长。走近一看,其实不然,许多的花已经凋落,枯萎,尾部顶出排列有序的细长的籽实。

从网上得知,三叶草其实并不都是三片叶子,也有四片叶子的。它也并不如我所知只开白花,还开着一种粉红色的花,花儿还很鲜艳。

对所有的事物,我们都不能轻言了解,如果你不是对它有专门的研究,不是专家,你就不要自以为是,因为你知道的永远都是一知半解。

北方的桃子

我一直以为桃子只能生长在南方。

在我看来，水果也是有三六九等的，桃子就应该是很高贵的，它应该属于水果中的贵妇人。

这其实是个错觉。当年毛主席他老人家得到了外国友人赠送的两个芒果（据说是一篮，后来六个单位分），没舍得吃，送给了北京工宣队，结果惹得许多年之后人们还以为芒果是一种很珍稀的水果。我去海南岛之后，看了许多种芒果，多得不可胜数，而且也并不都是当年那种"金灿灿"的样子。我们不能说领袖无知，那个时候我们国内可能没有出产这种水果，或者说信息很不发达，连领袖都没见过也没吃着，想必老百姓就更见识不到了。那时候我还小，据说后来许多地方的工宣队不满意，反映到中央，中央特意委托一个工厂生产了许多蜡制的芒果分给各省的工宣队，让领袖的关怀普照四方。

我对桃子的了解也好像有这种误区，以为很珍稀。及至院子前面有块空地，要栽几棵果树时，居然就看到了卖桃树苗的，心里虽是狐疑，好在没花多少钱，就买了两棵回来栽上。

第一年第二年，桃树连花都没开，何谈结果。我心里恨恨地想，还桃树呢，桃树能长在东北吗？真是异想天开。第三年，当我们不抱希望的时候，它居然开花了。我没见过桃花，但是它美丽的花儿一绽放，还是使我吃了一惊，我立刻就认定，这肯定是桃花，这么艳丽，这么曼妙，不是桃花还是什么？我们等待它结果，它果然结果了，很小的桃子（这时我才相信，它的确是桃子），毛茸茸的，一点也不大气，不高贵，甚至有些娇羞，小女子似的。渐渐地长大了，成熟了，看上去也是土里土气，朴实得就像北方常见的榆钱儿，既不光鲜，也不诱人，根本就没有南方桃子那种贵妇人之尊。

桃子结得不多，妻子揪了一个让我先尝尝，我不以为然地咬了一口，停了一会，我不相信地看了看手中的桃子，大喊了一声：妈呀，太好吃了。

妻子从我的手里接过去，咬了一口也说，哎呀，真的很好吃呀。

我不说它是什么仙果，我知道以我这五十多年的人生经验，这水果的滋味绝对是一流的，它入口绵软，汁水饱满，果肉鲜红。吃它的时候，甚至不需用牙咬，只要吸就可以了。甜甜的滋味，如蜜，如饴，简直不知道说什么好了。妻子见我爱吃，果断决定，不许任何人吃（主要是针对我的两个小舅子以及小舅子媳妇，好在他们的孩子都在外地），她自己也不吃。那一年一共结了六个桃子，除了小区保安偷吃了两个，其余的都让我独吞。我每次吃桃的时候，妻子都站在一边，看着我大快朵颐。

妻子还总结似的说，好看的水果都不好吃。

她无意中说出了一个真理。

拉香瓜的毛驴

是香瓜的味道把我吸引到那辆毛驴车前,此时的早市正喧声四起,热闹非凡。

车上的香瓜已经不多,或者说快要卖光了,人们还围在跟前。卖瓜的是一对夫妻,男的光着膀子不断地吆喝:三块五一斤三块五一斤啦!女的则蹲在车上称香瓜。男的见瓜已所剩无多,有些得意,有些轻松,居然踱到一旁与卖桃的闲聊,女的看到立刻喊了起来,你给看秤!男的忙不迭地转回来。

我其实并不是关注香瓜,香瓜在我们北方是司空见惯之物,我看重的是毛驴车。现在城市里已经很鲜见牲口拉的车了,连乡下都已少见,机械化正日益改变着我们的生活,不知道那些牛啊马的都哪里去了,驴就更少见了。我甚至担心在未来的社会里,还能不能见到它们的影子。

我不知道那个毛驴有多大年龄,在我看来它似乎很年轻,它毫不隐瞒自己对长时间站立的不耐烦,不断倒换着四肢,把某一个或两个蹄子轻轻抬起来,很快又倒换到另外一个或两个。

我走到近前去看它,它显然也注意到了我,它不知道我要干什么,它的眼睛随我转动，带着警觉，尽量不动声色。它的头部很长，耳朵很大，我尤其注意到它美丽的腿，修长而曲线分明，小脚女人鞋子一样的蹄子，蹄壳边缘精巧而明晰，我从来没有发现驴子是这么可爱和美丽。我近前一些，向它伸出手，做出友好的手势，它深深地低下头去，很羞涩的样子，它的下嘴唇翕动着，美丽的腿不安地踏动。后来，我再次向它表示我的友好，它似乎信任了我，用眼睛忸怩地望着我，慢慢地把嘴伸过来。我感到它湿润的嘴唇和热乎乎的气息喷洒在我的手上。有人过来，它突然弹跳了一下，立刻躲开我的手。这短暂的接触，我探知了它的内心，它是愿意与人类接触，让人类抚摸的。

妻子在远处喊我，我同它挥了挥手算作告别，它的大眼睛眨了眨，依旧很羞涩的样子，打着响鼻，低下头去，好像在向我致意。

樱桃与鸟

妻子说，你听你听，它们又来了。

我的耳朵背，基本上听不见外面的声音。我知道她说的是那些小鸟儿。这些天，熟透的樱桃仿佛故意在引逗它们频繁光顾。樱桃已经没多少了，本来结得就不多，基本上都让我摘了吃了。但那棵格外大的樱桃树上的樱桃，妻子没让我动，打算留给即将从加拿大回国度假的小侄女。

昨晚一阵大风，熟透的樱桃纷纷落地，早晨妻子去看，心疼地捡回了一些。她洗了洗，自己吃了几颗，剩下的都给我了。

今天，不断有鸟儿飞过来，它们好像知道了什么，叽叽喳喳，呼朋唤友，好不热闹。

我说，出去把它们轰一轰啊。

她在弹琴，她说，要轰你去轰，我才不轰呢。

我说，你没见我在看书么？我的确正躺在沙发上看书，是新买的奥尔罕·帕慕克的《别样的色彩》，正看得起劲儿。她知道我读书的时候是不愿意干别的事情的。

小鸟还在叫，叽叽喳喳的，这回我听清了。

妻子说，它在喊同伴呢。

我说，你猜它说的是啥？

妻子说，还能有啥，快来呀快来呀，有好吃的樱桃啊。

我扑哧一下笑了，我说，它还能认识樱桃？

妻子说，也许它们管樱桃叫桃子呢。

我正色地说，它们肯定是有语言的，它们这么热烈地叫，肯定是呼唤同伴。

妻子说，是啊是啊，所以我说它们在喊，来吧来吧。

我继续看书，妻子继续弹钢琴。我们谁也没去管那些鸟儿，我在想，即使吃，它们能吃多少呢？

傍晚的时候，我书已看完，妻子正在厨房做晚饭，油烟机发出的嗡嗡的声音。我突然想去看看那树上的樱桃。

还没到树前，我就吃惊地发现，一树樱桃基本上绝迹了。为了证实我的预感，近前看看，果然是明处已无樱桃，只有叶子底下还藏着稀稀落落数得过来的几颗樱桃。

我有些生气，这鸟儿也太不够意思了。连忙回屋向正在厨房忙碌的妻子汇报，我说，这回好了，你侄女一颗樱桃也吃不着了。我故意夸张地说。

妻子不以为然，边炒菜边说，谁吃不是吃。

我说，那你侄女回来你给她吃啥？

妻子翻动着菜铲子说，市场上有都是，我明天去给侄女买去。

我一想，也是，市场上的确有都是，可是我怎么没这样想过呢？

夏天去果园

一下车，那边的狗就叫了起来，气势汹汹的，远看那狗在一蹦一蹦的，显然是拴着呢。

朋友原计划让我和妻子去他的山庄，约的几个人都有事儿。我无事，妻子也无事，朋友就说，那我领你们去一个果园吧。

这时候去果园，能有什么意思呢？果子都还青涩着，只能看看。何况朋友说，果园的主人不在家，去了内蒙，要三天以后才回来。

我于是不想去，不料妻子却来了兴致，她高兴地说，去，去。

我不知道她为什么高兴，想来是在家里呆腻了。我无奈，答应朋友去看果园，夏天的果园，只能看果的果园。

果园在很远的地方，似乎已是郊区，我们从松花湖大坝那儿绕行，一路上山光水色。妻子望着车窗外的景色很高兴，她说，出来透透气挺好的。怎么是透透气呢？是我让她感到憋屈吗？

说着话，果园就到了。果园在一个山坡上，我们舍车而行，顺着山坡往上走。毕竟是少有人走的山路，有些泥泞，早些天的雨水把它冲出条条小沟。亏得是今天来，今天的太阳很足，把路面晒得结起了硬壳，即使是这样，有的地方踩上去还有些软，我们挑硬的地方蛇行。路是黄沙路，水冲之后，露出下面的泥土，居然是黑色的，很肥沃的样子。路边全是果树，矮矮的，早早分了枝杈，结着海棠或者苹果，满枝满枝的，或者说，看上去沉甸甸的。

一到山上，妻子就抑制不住兴奋，目光所及，全是新鲜事物。她问我人家的树怎么都这么矮，树形这么好看？我说，咱家的树也矮呀，这得逐渐矮化。她似懂非懂地点了点头。

朋友其实是领着我来看这家的葡萄的。去年，朋友说弄了一棵很好的葡萄苗，问我要不要。我果断地说不要，我觉得我的院子里葡萄够多的了。何况朋友说，那个品种过冬还要埋在地里，我嫌麻烦，一口回绝。他当然是好意，这次他想借妻子来说服我。

山坡上的葡萄苗长得并不高，半米左右。一对夫妻领着孩子在地里干活，锄地上的蒿草，蒿草真多啊，都没过脚脖子了。孩子也就七八岁，是个小姑娘，在地里蹦蹦跳跳，我喜欢孩子有这样的童年，和别人不一样的童年。朋友和那个人很熟，朋友和他打着招呼。

令我称奇的是，那些矮矮的葡萄已经结满了葡萄，葡萄粒儿是尖尖的，朋友说这叫茉莉香葡萄。朋友走进地里，边和那人攀谈边向我介绍，他说这葡萄苗已经有三年多了。这葡萄经管起来有些费事儿，一结葡萄就要掐蔓儿、打尖，得憋足了养分让葡萄生长。我一听就有些打怵，心里更是执意决定，不栽这种葡萄。

又往山上走了走，都是果树苗，一些空地上还种了些菜，有土豆、花生、包菜等，包菜生了虫子，叶子被啃得稀烂。自从我种菜才发现，有些菜不打药根本就不行，哪有什么纯绿色蔬菜？

下山坐车往回走，朋友说：有一处吃烤鱼的地方，去不去？

我说去，妻子没吭声。

我看看她的脸，她好像在沉思。我捅了捅她，去不去啊？

她说,去呗。

我知道她不喜欢吃鱼,但她自己不好意思说,我怎么说呢?真是的。

看着朋友兴致盎然的样子,我虽想说,却终于是忍住了没说。

香瓜的气味

我不太懂得一些东西的分类，有些瓜本身就应该是当做水果来对待的，比如西瓜、白兰瓜、哈密瓜，我想香瓜也应该归类于此。所谓"瓜果"，其中当然含有瓜类。

关键是，香瓜和西瓜都是比较大众的、普通的，特别是香瓜，几乎没人重视它是不是水果的问题。

我喜欢香瓜是因为它是离我们生活最切近的瓜，从小就多有接触。那时候，只要香瓜一下来，爷爷就要领着我，提着个土篮子去瓜地里买香瓜。在那几乎是一望无际的瓜地里，叶子和叶子之间，裸露出一个个可爱的香瓜。卖瓜的主人很和蔼，允许熟悉的人进地里自选。爷爷让我在窝棚前等着，他自己拎着篮子走进地里，瓜地主人的大狗在我身边走来走去，我总想摸一摸它身上的毛，它却很不友好地警惕地望着我，并不让我接近。不一会儿，爷爷拎着满满的一篮子香瓜走了出来，只是记了个账，我们就把香瓜拎走了。

我喜欢香瓜还因为它有浓重的香气。想不出哪一样水果能散发出如此特异的香气，无论在任何市场，只要凭借它的香气，就可以认定那是香瓜。香瓜的香气是独一无二的，它浓郁，持久，芳香醇厚。好像没有哪一种水果只需凭借气味，就把你勾引得如醉如痴，馋涎欲滴。当然，也有气味重的，比如榴莲，我却是避而远之。

人喜欢一种东西，可能是没来由的，有时候想想，显得毫无道理。我喜欢香瓜，也爱吃香瓜，以往每年都买。妻子擅长挑香瓜，她总是要闻一闻，摁一摁，卖瓜的人则嗤之以鼻，他们说，香瓜其实在地块儿，只要是这块地里的香瓜，就都是一样的，个保个甜。妻子从来不信他们的理论，她总是要自己挑。

自从得了糖尿病，妻子就不给我买香瓜了。她偶尔买回来自己吃，看着我馋馋的样子，她常常要掰一块给我尝尝，我有时候尝尝，有时候只是扭过头去闻闻，真是没办法的事儿。

但这并不妨碍我依然喜欢香瓜，即使现在路过卖香瓜的车子，我都要停一下，用鼻子贪婪地使劲吸气，闻一闻香瓜的气味儿。

一种冰激凌的名字

很难想象，这居然是一个冰激凌的名字，是谁为它起了如此浪漫的名字呢？

蒂兰圣雪，它可以是任何一种东西的名字，比如一盒化妆品，一个蛋糕，一种面包等等。它怎么能成为如此轻易就在口腔里融化的东西的名字呢？

然而，它真的就是这么一种东西。它的包装是圆形的，盒式的，上宽下窄，精致又不乏实用。让你很难想到的是，它有两层盖儿，打开硬盒盖之后，你会看到紧贴着冰激凌还有一层软盖，好像一种意外，又像在情理之中，雅致和细节注定了品质。

令你高兴的还有一首小诗：

抛开一切造作修饰，回归生活原本的纯粹。当奶香慢慢融化，甜美沁入心扉，我知道，这一刻，就是我想要的。

既甜美又典雅，生活怎么可以这样让人满足？真的是我想要的。

细节有时候真的很能打动人，它让你会有些小感动，它当然不会波澜乍起，掀起惊涛骇浪，它只是像毛毛狗那样在你的脸上拂来拂去，拂得你心尖儿发颤，想笑又想哭，真的很好哎！

生活中的不如意和隐隐的痛，就这么消失了，仿佛是有一阵清风，掠过心头。而一盒冰激凌所能做到的，它都做到了。炎热的夏天，你还有什么要求？一丝凉爽，已经足够了。

松子

我只吃过松子,没见过在松塔上生长着的松子。

妻子知道我这个人好奇心强,在市场上花十元钱买个大松塔,乐颠颠地给我看,估计她也是没有见过。

我拿起这个松塔仔细瞧瞧,很有意思的东西,松塔是绿色的,呈鱼鳞状,外观上有点像菠萝。我看不出那些松子会长在哪里,那么青嫩的松塔里会有坚硬的松子吗?我表示怀疑。那一刻,我甚至认为妻子是被那个卖松塔的人给骗了。

松子当然是有的,不管我们如何怀疑,他仍然长在那绿色的鳞片里,长在暗处。

我琢磨着如何对待它,妻子说,你上外面去用脚踹踹,松子就在里面。

我尊嘱把它拿到外面的石板上,用脚踹了踹,它发出迟滞的声音,一股松树油渍味儿油然溢出。

那些绿色的皮被剥掉之后,果然见粒粒饱满的松子躲在里面,羞涩而坚硬,一声不吭,有序排列。

原来,所有生长的道理全在这里了:隐忍、诚恳、努力,不事张扬,默默成长。也就是说,一个果实能够体现出的诸多品格都在这里了。

果实也和人一样,有时表现得比我们还有风骨。

逃向空中的丝瓜

去年,我们把丝瓜种在葡萄架下,葡萄长它也长,可那毕竟是葡萄的天下。到秋天,它小心翼翼地躲避着葡萄秧子,竟然也试探着攀爬,挤出一些地方,结自己的瓜,竟有十几个,小有成就。

今年,妻子说,别让它们和葡萄挤了,它们是挤不过葡萄的。是啊,到了季节的葡萄生长起来,简直是疯了,它们才不管不顾呢。

妻子说得有道理,我们遂把它种在院外的篱笆下。我们的想法是好的,让它们和牵牛花各占半边,各自生长。牵牛花虽无什么大用,我们年年种,种出了感情,毕竟它会开出讨人喜欢的花朵,开得人心里很灿烂。

让我们没想到的是,牵牛花也是欺负别家的,它这边生长迅速,几经攀爬,就侵略到另一边了。我这才明白,侵略有时候是不由自主的,它并不需要理由。而丝瓜那边生长缓慢,到了夏天,才刚刚爬到篱笆的半当腰,彼时牵牛花已洋洋自得,到处吹起了喇叭。

我们其实是注重实际的,虽然也喜欢牵牛花的热热闹闹,但对丝瓜总是给予特别关注。每天去早市,路过篱笆,我们都要特意看看丝瓜的生长情况。短暂的夏天快要结束了,丝瓜秧上毫无动静,结了几个瓜也很快就蔫了。妻子甚至怀疑,这次买的种子是不是假种子?种子是我去买的,我心里也没底。

后来的一天,大概已是立秋了吧?妻子自己去早市,突然折回来喊我,她兴奋地对我说,丝瓜结了,你去看看。这真是一个喜讯,我的第一个反应是不怎么相信。妻子乐得手舞足蹈,好像她儿媳妇生孩子了(这我只是猜想,因为我们现在还只有准儿媳妇,也没有生孩子,我猜她到时会那样)。说完,她兀自跑出去,我遂跟出去,一直走到院外,她指给我看,果然有两个丝瓜,吊在两棵树的枝桠之间,惬意地望着我们,仿佛是在嘲笑我们:看,我们站得多高。

我不知道它们为什么不在篱笆上结瓜,而非要爬到树上去,难道是我们委屈它们了吗?难道是它们不堪忍受牵牛花的欺辱,早早就策划了一次大胆的出逃和迁徙吗?怪不得它们毫无动静,它们是在等待时机。

那两个瓜长得很快,没几天就已经很大了,我建议妻子把它们剪下来,我担心谁顺手揪了去。妻子于是把两个瓜揪了下来,和肉炒着吃,很清香。那天两个小舅子和小舅子媳妇也都在,他们吃得挺香,都说好吃。

数天以后,妻子又发现一个丝瓜,这回更绝,简直是吊到了天上。由于我们发现得晚,它已经长得很大了。我见它长得这样蹊跷,拿着相机拍了几张照片,它分明像一个顽皮的孩子,逃出篱笆,心中充满了疯张的欲望和逃跑的喜悦,只一味地向往自由,一心想要逃到一个不可知的地方。它没有想到,爬得这样高,却更鲜明地暴露了自己。在我看来,它好像是要在风中荡秋千,这个可笑又可气的丝瓜。

这回,我和妻子都没想摘它,就让它那样惬意生长吧!它吊得那样高,如果我们不是有意去摘,谁能摘得下来呢?

秋天的一些事情

1

妻子说，你去把那些香菜罢园了吧。

我在思忖，香菜怎么罢园呢，它们长得那么细小？而罢园是一个很嚣张很强硬甚至是很蛮横的词，我觉得妻子的说法很搞笑，她经常用一些搞笑的说法。我于是拿着凳子，端着一个盆，去给香菜罢园，我这样的做法也同样显得很夸张。

香菜地紧贴着篱笆，只是小小的一溜儿，那本来是种丝瓜的，可是丝瓜长起来以后，妻子嫌丝瓜没怎么接，就把大部分丝瓜秧子拔了，清理出那么点小小的地方，撒上了香菜籽儿。香菜是无序生长的，长出来就拥拥挤挤的。而且大多数的香菜已经被随时吃掉了，剩下的都是细小的弱不禁风的，长得很不景气。在我的眼中，它们甚至有些可怜。罢园？值得动用这么强悍的词么？想想就好笑。

我一棵一棵地薅着细小的香菜，它们的根部大都裸露着，香菜虽然好吃，却不怎么好管理。人的手毕竟不是机械，种的时候，很难将种子撒得均匀，特别是在它们生长期间应该松土、间苗，而我们大多不去理它，那样小的东西，就让它们自由生长吧。

一只绿色的虫子爬过来，我们小时候都叫它量天尺，它把自己长长的身躯弓起又放下，看上去有板有眼，从容镇定。我捅它一下，它似乎是加快了进度，作出逃跑的样子。

我用了好半天的时间，才把香菜"罢园"一半。妻子出来看看，惊讶于我干大事业的样子（板凳、盆），说至于那么费劲么？我不抬头，说：很累人的。妻子轻笑一声，进屋去了。

有风吹动，旁边的果树发出渐渐的声响，好像在有人说话。飞鸟的影子在黄昏的光线里一掠而过，箭似的。不知不觉间，天有些暗了下来。

我看了看即将在楼间沉落下去的太阳，禁不住有些沮丧，这些香菜要什么时候才能"罢园"呢？

2

我端着一盆散发着热气的小茄子，它们同时还散发出一种不明不白的气味。

我的任务很简单：按照妻子要求，我要把它们晾到院子里面去。一到秋天，我家的院子就显得不够用，葱在院子里很嚣张，虽是外来的，却是"上宾"，铺满了院子。辣椒和大蒜跑到了墙上，土豆缩头缩脑地躲在一边，谁会想到茄子的地位呢？

我把大葱往旁边挪了挪，为茄子挤出点地方。我其实不怎么喜欢茄子，特别是它们蒸熟之后这种不明不白的气味儿，令我很讨厌。它们的形象也令我生厌，很像一只只黑黑的耗子。

我慢条斯理地摆布着它们，它们任由我的摆布，显得很麻木。接下来，它们会被晒干，会被妻子下油锅煎好，再淋上酱油，然后才能成为好吃的油茄子。

我慢条斯理地摆布着它们，时间一点一点地消逝，生活其实大多时候是这样的，浪费在这些毫无意义的地方，好像也可以这样说，这也是生活的意义。因为，它毕竟是我们生活的一部分。

3

我站在窗前望风景，其实现在已经没什么风景了。只有桃树还撑着，因为树上还有许多的桃，让它在这个季节还洋洋自得。

李子树的叶子已经发黄并开始纷纷脱落。秋风感觉也还温顺，其实是很有力量的，我并不主张说它是一把刀子。

妻子在院子里整理大葱，她把它们捆成一把一把的，那些葱叶还绿着，她夸张地戴着一个口罩，让我想不明白为什么她要这样。

我低头看了看鱼缸，水已经有些绿了，浑浊得可以，我端起鱼缸去为那两条孤独的鱼换水。

走路的时候，突然想起前些天换花土时，那些被我剪掉的密密麻麻的根系，像头发一样。实在是不知道该不该那样做，我没问过别人，完全是自作主张。

秋天应该让人心里踏实，可我不知道为什么会心绪不宁。

炒松子

妻子哗啦哗啦地把松子倒进锅里,她对我说:你先炒着,我去一趟院子里。

我接过铲子,我没炒过松子,心里颇没底地说,要什么时候才能熟啊?

妻子边往外走边说,我告诉你熟了就熟了。

我一边翻动着锅铲一边想,这是什么道理,你说熟了就熟了?

松子在锅里,饱满而新鲜。今年特怪,遍地是卖松塔的。我们觉得新鲜,就买了许多松塔,松子都是自己一个个剥出来的。我们开始时还蛮高兴,觉得蛮便宜的。后来我们才知道,今年是松子大丰收,山里人已经不愿意剥松塔了。往年一斤松子要四五十元(春节时甚至要卖到六七十元),今年便宜得没谱,早市收市的时候,已经卖到十二元一斤了。而我们买的松塔,核算一下,要二十五元到三十元一斤,还搭上劳动,搭上一手松树油渍,累得我现在还膀子痛,嗨!

我翻动着那些松子,它们发出细微的响声,像下雨一样。不一会儿,锅里就冒出一股松树油渍味儿,好像烧雨天里被淋湿的柴冒出的烟味。眼看着松子在锅里颜色慢慢变深，我不由得担心起来。炒瓜子和爆米花我还有点经验，它们在熟之前总要发出一些声响，而松子始终沉默着。我虽是记着妻子刚才说的话，可是她出去了这么长时间，是不是已经忘了？

我连忙跑到窗前，看妻子正在白菜地里忙碌，赶紧问妻子，熟没熟啊？

妻子立即起身冲进屋来，边跑边生气地说，我不是告诉你了吗？我说熟了就熟了。

我说，我怕你忘了。

妻子冲到厨房，边快速地翻动着铲子边责问我，谁让你离开了，你这一离开，准糊了。

果然，一股糊味已经窜了出来，妻子把锅一提，把松子倒在菜板上。

我一尝，还好，刚刚有点糊味儿。

杀虫

1

妻子说,你得为果树喷药了。

我应付着,并没有什么动作,我一直以为果树有自己的防护体系——就像我们人类,有自身的免疫系统——可以和虫儿作战。

2

晚上下班,走到果树前看看,果然见有虫子蠕动,一堆一堆的,叶子被它们吃掉了很多。这样吃下去,果树还能结果么?

我决定痛下决心。

3

到种子农药商店,那个戴着眼镜的女售货员见是我,又听了我的介绍,就老熟人似的说,我给你拿一样贵的,保准除根。

她从仓库里拿出一个落满灰尘的白色小瓶，告诉我说，一瓶兑三百公斤水。我说，掌握不好。她形象地对我说：一瓶盖对三十斤水。

这我明白了。

4

喷雾器是现成的，喷筒那儿有些凝滞，去年就有些不好使，看来是质量不行，我只用它打过两回农药，是给蔬菜打药。

按照女售货员的要求，我只倒了半瓶盖，我的桶只能装十斤水。

药瓶上要求，穿防护服、戴手套口罩，我一律不戴，看能咋的？

5

四十多棵果树再小也是四十多棵，得一个一个地喷。

人家告诉我，樱桃和桃不用喷药；花不落不能喷药。

再说，桃花还没落净，樱桃树有五棵，桃树有两棵，剩下的三十多棵树主要是李子，李子最招虫子，估计李子树也是甜的，要么它为什么招虫子？

6

我上网查了一下，我看到的这种虫子叫天幕毛虫。网上介绍说，此虫的小幼虫在卵壳内越冬，春季花木发芽时，幼虫钻出卵壳，危害嫩叶。以后转移到枝杈处吐丝张网，1-4龄幼虫白天群集在网幕中，晚间出来取食叶片，5龄幼虫离开网幕分散到全树暴食叶片。5月中下旬陆续老熟于叶间杂草丛中结茧化蛹。6、7月为成虫盛发期，羽化成虫晚间活动。再产卵于当年生小枝上，幼虫胚胎发育完成后不出卵壳即越冬。

瞧瞧,多么可恨的家伙,吃叶子,还织网,不杀不足以……

喷!喷!喷!我一边喷一边想着一个关于眼药水的广告。

7

早晨起来看看,虫子尽数死掉。

我要感谢那个女售货员,她没骗我,这药效果真明显!

某个夜晚和清晨

傍晚,下了一场雨,那场雨好像是一次偷袭,它没有浇到我们,只是在屋顶上制造一片混乱,铁皮的屋顶立刻发出噼噼啪啪的响声,仿佛是下雹子。我掀开窗帘,雨落在鱼塘里,落在寂寞的台阶上和台阶旁边的游船上。

我倒是希望下一场豪雨。这是在乡下,正是春天,乡下的农民盼雨。朋友们在豪饮、歌唱,我在汽车的发动机声(有拉沙子的车辆不断驶过)和朋友们的歌声中睡着了。

晚上披衣起夜,见满天星斗,月亮明晃晃地挂在空中,月光成条状地洒在池塘里。船一动不动,好像呆了一般。有鱼跳起来,啵的一声,复归宁静。远处的田野和山峦黑漆漆,静悄悄的。

早晨起来围着鱼塘走,看到青草中有许多被捞上来的死鱼,不知道是什么原因死掉,怪可惜的。走到鱼塘边上的地里,被昨夜的雨淋过的土地黝黑,像扇子似的铺开,一直伸到远处的山脚下。地里的玉米已经长出,绿绿的小苗,像伸开的手指;旁边有很多的节骨草,小树一样和玉米苗比着生长。成排的线杆好像手拉手在田间行走,在偶然的状态下不得不停住。两只小鸟飞来，落在电线上，啾啾啾啾地叫着，叫得尖利，叫得惊心，仿佛有什么烦恼。它们可能是饿了吧？这个季节照理说应该有它们吃的东西了。一个率先飞落到地下，好像在试探，俄而又箭也似的飞回到电线上，两个小家伙开始讨论，呈现出游移不定的样子。

我正饶有兴趣地看它们下一步如何打算，这时候朋友在远处喊，让我跟着他们去上游看星星哨水库，看水库？那当然好。到山里来，还不就是看个青山绿水，我不得不丢下鸟儿，有些遗憾，也有些怅然，毕竟没有看到它们继续想干什么。

凤梨

我在为一只凤梨削皮,好像凤梨不是这样削皮的。但妻子告诉我就是这样削皮。

凤梨,你见过吗?它不是北方的水果,它像一个巨大的蟾蜍,表面上长满了疙瘩,好像长满了隐喻,我就是要把那些疙瘩削下去,露出它白色柔软的身子,它已经熟透了,轻轻的,只要是刀子到了,它的皮就轻轻脱落下来。

我不喜欢这些南方的果实,它们甜腻得要命,关键是它们的骨子里都有一种臭味,这是我的经验,你不一定信。只要你细闻,它们就有相同的气味,榴莲、菠萝蜜,包括这凤梨。

我把它们切开,一切都很顺利,也许凤梨不是这么吃的,我们没有问过,我们自行其是地把它们切开。

那些黑色的籽成双成对地排列着,像一双双眼睛,它们盯着我不放,它们可能是感觉到奇怪:你切开我干什么呢?

与蒜有关

一觉醒来,已是下午两点半了,上午逛街走乏了,从不午睡的我也跟妻子睡过了头。

天似乎并不暗,妻子抬起头敏感地说,下雪了。

我站起来走到窗前,果然是下雪了,大朵的雪花从天上飘下来,像上万只蝴蝶,却是晴空万里。

妻子坐起,拢了拢头说,包饺子。

妻子是个雷厉风行的人,何况这是早晨就准备好的。她已买了肉馅,切了酸菜,她早就说要包酸菜馅饺子。她把切碎的酸菜的水攥出去,干爽的菜团,以一种玉的颜色(似乎有些晶莹)呆在一个同样珠光宝气的盆里——那盆子是绿色的,塑料的,有些透明。

我知道,妻子最愿意吃的就是酸菜馅饺子,而我其实是不愿意吃的,我不喜欢酸菜那种臭烘烘的味道,尽管我小时候也经常吃。可我从来不说,这倒不完全是虚伪,我认为她好不容易有一种爱吃的东西,我为什么要反对呢?所以每次她做好之后让我品尝时,我总是要给她一个满意的回答:好吃。她喜极。我看她高兴的样子,便也高兴起来,还要吃出满头汗来。其实，那大多是吃了蒜的原因。

我太愿意吃蒜了。

在她的心目中，大家（包括我的那些大小舅子和大小舅子媳妇们）都是愿意吃酸菜馅饺子的，今天她就是为大家包的，邀请早已发了出去，我记得除了我的两个侄女表示过反对，没有人公开反对。当然，小小舅子媳妇属例外，她是湖北人，湖北人当然吃不惯这种东西（尽管这种东西和她们那里的酸泡菜差不多），妻子倒是很谅解，"南方人嘛"，妻子说，好像南方人就注定应该和北方人不一样。

妻子咣咣咣地切着葱姜，头也不回地对我说，剥蒜。

这个我历来讨厌的活儿又落在我的头上。我虽生气，可活还得干。

剥几头？我问。我每次都心里没谱，总是习惯问。

妻子说，两头。

我问，在哪里？

妻子说，在窗前那个纸盒子里。

我总是不知道家里的东西放在什么地方，其实有时候明明是看到过的，却是记不住，我已习惯家里所有的东西、所有的事情都在她的掌控之中。这次有点小小的擅自，我拿了三头蒜，因为我前面说了，我爱吃蒜，更何况是酸菜馅的，要用蒜的辣气把酸菜的臭气冲冲。

我在窗台那儿找到蒜，那些蒜放在屋子里已经很长时间了，它们有些干燥，抓在手里发出细微的响声。我先是把它们捏成蒜瓣，干燥的皮立刻显出了它执拗的一面，特别是贴近根部的地方很固执。我轻松地剥开它们外表那些紫色的间或白色的表皮，露出新鲜而光洁的内里，那才是真正的蒜瓣，看上去就想咬一口的蒜瓣。

那些蒜瓣裸露在我面前，像一个个洁净的孩子脱掉了衣服，开始还有些羞怯，不一会儿就不以为然了，它们的天分好像就应该暴露。我把它们装在碗里放上了水，它们立刻涌动着漂浮起来，都是细皮嫩肉的、很高兴的样子,像极了淘气的小孩子。

真不忍心将它们放在蒜缸子里。

可是,必须得有那样的程序,它们才能够为人所有,为人所食。

妻子继续剁着葱姜,不知道为什么要用那么些葱姜,她好像心情很高兴,突然唱了句"那天大雪纷纷下",忽又停住,我知道那是歌剧《洪湖赤卫队》里的一句唱词,便也跟着唱了一句"我娘生我在船舱",就这样你一句我一句地唱着,眼见着外面的雪越下越大,我正唱得兴致盎然,妻子忽然停住,说:砸蒜。

一夜怒放的花

放在厅里的九里香原本一点开花的迹象都没有的,突然就结了很满的花骨朵,那些骨朵才好看呢,凑前细看,很像一个个袖珍的白色小瓜,它们细密地集结在一起,很团结的样子。我惊叹,对妻子说,老于,九里香又要开花啦。妻子说,有什么大惊小怪的,我早就看到了。在妻子的眼里,我这个人可能总是大惊小怪的。她当然熟悉屋里的旮旮旯旯,一点变化都逃不过她的眼里,现在可能还好些,她差不多天天在家。要是在过去,我翻动过什么,屋里少了什么或者多了什么,她都会立刻发现。

早晨起来,屋里黑暗着,我从卧室走出来,就闻到了满屋花香,我使劲吸了一下鼻子,兴奋地说:花开了。

妻子还在睡觉,那大概是五点多钟。她很不高兴地说,你喊什么啊。

我说,花开了。

她立刻懵懵懂懂地起来,披头散发,我们嗅着花香走到厅里,果然是九里香开放了。

尽管还不是所有的花苞都开了,但是大部分都展开了,那些白色的花瓣努力地绽放着，真是奇异！

好香啊！妻子兴奋地说。

我其实是不喜欢花的，只是住在一楼，不摆点花啊什么的，门前的台阶上很空。我对花的认识很肤浅，只知道茉莉、白兰、米兰开花是香的，其余不知。那天和妻子逛早市，突然看见这盆花，很庄重的样子，叶子很完美，以为是不开花的东西。问是什么，曰九里香。问开花吗？那老太太嘿嘿着说，数它开花香。你想啊，九里香，能不香吗？于是，买回来，放在门前的台阶上，看看它一直没有动静的样子，也就没寄什么希望。恰巧，东边另一栋楼也是住在一楼的大婶来，看了眼熟，她说，这花好像是我家的。看我们惊诧，她笑着解释说，它总也不开花，让我卖给市场上那个卖花的老太太了。你们是不是在她那儿买的？我们说是啊，她依然笑着说，怎么让你们给买来了？她又问多少钱，然后摇了摇头，说，这花是个哑花，我养两年了都不开花。

我不知道哑花是什么意思，但既然买了，哑就哑吧，好在它看着还过得去。

其实，它后来悄悄开过一次花，只不过花期很短，正赶上雨季，很快就凋落了。就好像，一个曾经被判定不能生育的女人突然怀了孕一样，羞羞答答的，不太敢张扬，不太敢确认，就悄悄地谢了。

秋天的时候，我们把它搬到厅里，对它依然没什么指望，我们只是认为它是一盆花，开不开花并不重要，谁让我们当初把它买回来了。

这回，它一下子长了这么多的骨朵，一下子开了这么些的花，恐怕连它自己都没料到。它只是竭力地生长，竭力地怒放，把我们整个的屋子里所有的房间，所有的空间，所有的缝隙，都用花香填满了。

我想，一株花也是有风骨的。它可能在某一种环境中不去表现，而在你渐渐对它失望的时候，冷不丁让你意外，让你吃惊。它可能也是因为主人的不离不弃而感动，而开放。那么，这功劳绝对不是我的。

泛滥的三角梅

我一直以为三角梅是只有福建才有的,这印象缘于舒婷的一首诗,叫《日光岩上的三角梅》:

是喧闹的飞瀑

披挂寂寞的石壁

最有限的营养

却献出了最丰富的自己

是华贵的亭伞

为野荒遮蔽风雨

越是生冷的地方

越显得放浪、美丽

不拘墙头、路旁

无论草坡、石隙

只要阳光常年有

春夏秋冬

都是你的花期

呵，抬头是你

低头是你

闭上眼睛还是你

即使身在异乡他水

只要想起

日光岩下的三角梅

眼光便柔和如梦

心，不知是悲是喜

我那时候只是喜欢舒婷的诗歌，对三角梅没有什么感觉。后来，到四川的杜甫草堂，看到一树繁花，很高大的，披挂下来，开的花红红火火，特别引人注目。我问四川的诗人曹雷，这是什么花，曹雷瞟我一眼，说三角梅啊。那个劲儿好像看我是白痴，三角梅你都不知道？于是我把那树繁花拍了下来，从此知道这种花，别的地方也有。再后来，去深圳，到海南三亚，简直是遍地三角梅，街路上有，庭院中有，四处开放。

在深圳时，朋友魏星告诉我，说三角梅是深圳的市花，我还不以为然。等去了三亚，三亚的人又骄傲地告诉我，三角梅是他们的市花。这让我有些惊讶。更惊讶的是，我上网一查，全世界居然有十多个城市用它作为市花。

在三亚，我仔细地观察过这花。它其实并不都像我在杜甫草堂看到的那么高大，也有矮矮的，一蓬一蓬的。也许草堂里那棵树生长得太久了，它的高大让我产生了误会，误以为三角梅就应该这样高大。其实，许多事情就是这样，第一印象总是错觉，一旦了解多了，印象也随之改变。比如木瓜，在我们北方，我一直以为是很贵重的，即使到了深圳，住在一个五星级酒店里，早餐的时候我还专挑木瓜吃。后来到了三亚，就变成了很普通的水果，比我们的西瓜还便宜。三角梅也一样，在三亚这个地方因为繁多，反而变得普通。

它的花是三个瓣的，它的花瓣又是三个角的，我以为这可能就是它为什么叫三角梅的缘故。细看了一下，它的颜色有粉的，也有红的，只不过粉色的多一些。

给我的感觉，三角梅总要生长在那些美好的城市里，它似乎也是喜欢热闹和热烈的，它开在灿烂的阳光下，并不像舒婷诗中所说，"越是生冷的地方／越显得放浪、美丽"，也许舒婷并不了解它的特征，它是不喜欢寒冷的。舒婷这里的"生冷"，我以为可理解为"僻静"，是赞扬它的品性。再者，人家的诗里无疑有对爱情的隐喻，就顾不得真正的三角梅了。

救活一只小鸟

微雨的早晨,从早市归来。

忽见外面的鱼缸里有一枯树叶漂浮,准备随手捡出去。一触那枯叶,不料居然动了,吓我一跳。细一看,居然是只小鸟,浮在水面上。我把小鸟捉在手里,其实不是捉,只是用手拿出而已。它的羽毛大部分湿了,在我的手里瑟瑟发抖,嘴一张一张的,眼睛闭着,好像即将死亡的样子。

我有些心疼,把它拿进屋里,妻子问:什么东西?我说,一只小鸟。妻子又问,你捉它干吗?我说不是我捉的,是它掉进了鱼缸里。妻子哦了一声,过来看看,说,你喂它点吃的。我去找小米,找了半天没找到,只好把几粒大米放在它面前,它闭着眼睛,一口一口地倒气,仿佛随时会死去,根本没有精神吃食。

妻子见状出招说,它恐怕是冷了,你去用电吹风吹吹吧。她并不放心我去做这种事情,于是自己亲自去干。我捧着小鸟,她负责吹风。不一会儿,小鸟的羽毛被吹干了。

小鸟顿时精神了许多。它拉了两坨屎,颜色发紫。它跳了两下,跳出一点红色的痕迹。妻子说，它是不是受伤了？你给它上点药吧。我说上什么药？妻子不理我，独自去拿了棉签和消毒水放在我面前。我用棉签为它涂着药水，果然发现腹部有些溃烂，它不断地颤抖、抽搐，好像很疼，这顿时让我想起自己触碰自己伤口时的疼痛。上好药，把它放在地上，它开始睡觉，大概是太疲倦了，它睡得很懒，把长长的鸟嘴搭在地板上。再后来，索性摊开翅膀大睡起来。我放心了，想，这小家伙估计能活过来了。

在我躺在沙发上看报纸的时候，它突然飞将起来，砰的一声撞在玻璃上，掉在地上蒙头蒙脑。妻子说，这家伙，逃命呢。我说，是我们救的你，你忙啥，一会就放你的。等到它稍好，我正准备去放它的时候，它先后两次逃脱，都撞在玻璃上，每次撞完之后，都是蔫头蔫脑地睡一会儿。我和妻子分析，它有点被撞傻了。

外面渐渐有了阳光，台阶上开始变得暖烘烘的了，这次我不等它再飞，决定直接把它放到外面的台阶上，它又昏睡了一会儿。我们这才想起，忙了一早晨，我们还没吃饭呢，妻子赶紧做饭，我们开始吃饭。

待我走回来，坐下吃饭。妻子突然用筷子一指说，快看，飞了。

我急忙回头看，哪里还有小鸟的影子，它果然飞了。

秋的感悟

不管你喜不喜欢秋天，秋天还是来了。

秋风很快就把葡萄架上的叶子吹黄了，它们开始打卷，上面还没来得及摘的葡萄已经开始干瘦。地里的一切都应该收获了。

其实我很喜欢黄瓜和豆角，它们总是不断地生长，毫不隐瞒自己的努力，啥时候看上去都是琳琅满目的，给人以成就感。夏天的时候，我总是随手就揪几根黄瓜，再摘几把葱叶，蘸着妻子做的大酱吃得高兴。黄瓜这东西好伺候，它只要不起腻虫就没事儿。豆角呢，也是怕腻虫。我现在对豆角有了新的认识，凡是长不高的，都认真地结着豆角，你看吧，秧子爬不高的，底下长的都是一嘟喽一串的，让你吃惊。凡是秧子爬得很高的，都没什么内容。看来植物也在诠释做人的道理。

那些面瓜很识趣，它们总是长出阔大的叶子，把自己的果实藏起来。因此，果实就很随意地这里丢一个，那里丢一个，很像下出的蛋——植物的蛋。

吊在空中的葫芦和一种观赏瓜（我不知道它的名字），因为美丽而吊在空中，它们不用躲藏，它们尽情地展示，美丽从来都是大摇大摆。

我把地里的胡萝卜起出来，它们大大小小，长成各种样子，红得透明，红得可爱。我不知道农家的胡萝卜是怎么种的，反正我和妻子每年都这么种，我们把籽撒到地里不再理会，让它们自由生长。从地面上它们旺盛的樱子，我能想象出它们地下的拼搏，为了争抢土地和生长空间，它们拼命争斗，哪怕是亲兄弟。因此，长得奇奇怪怪，像是畸形。樱子可能很大，萝卜却未必大，反之一样。

我开始给葡萄架剪枝，我见识了葡萄疯长的劲头儿。去年，我还舍不得剪枝，结果是光长绿叶，不长葡萄。这回我下决心，该剪掉的剪掉，该保留的保留，让它们来年春天更好地舒展。

秋天，当你收获果实的时候，也会收获许多哲理。

卖核桃的女人

女人的面前不仅仅摆着核桃，还有一些奇怪的东西，比如一棵长得奇形怪状的拧劲子木头，众多的小巧的马蜂窝，两个黑色的千疮百孔的东西。这两个东西我不认识，遂蹲下身去辨别，验证，我用手去捅了捅，很硬的木质的东西，它们是什么东西呢？

女人虽是山里人，却是个很精明的女人，她一眼就洞悉了我的惊讶和好奇，笑着告诉我，那是蚂蚁窝。

哦，蚂蚁窝，居然会这样精致？真是令人称奇，自然界的万物其实都是艺术家，比如蜂巢，那么精巧，那么艺术，每一个孔洞都是有序排列，它甚至比人类还聪明，人类要建造楼房还需要图纸，它们建造巢穴是按照什么去施工呢？是谁指挥它们去建造自己的巢穴呢？还比如这蚂蚁窝，居然能在钻进钻出中，创造了这么美丽的巢穴，真是让人匪夷所思。

卖核桃当然是她的主项，她很会做生意，一些形状好的核桃被她挑出来，清洗出来，放在盒子里。这些被清洗出来的核桃，立刻显出了光辉，显出了它们的与众不同。筐里那些众多的核桃成了陪衬，这些被挑出来的核桃也是有分类的,每对被标价:五元,十元,甚至二十元,卖给那些喜欢把玩核桃的人。

卖核桃的女人手上皲裂,脸上有许多皱纹,穿的衣服呢,也很破旧。这山里的女人原是很有鉴赏力的,要不她何以会拿这些东西来卖?

她蹲在那里,袖着两只手,显得黑黢黢的,自己也像个核桃似的。

雾中的太阳

刚刚出门,妻子说:你看太阳,真漂亮。

我望了一下,果然漂亮。在江畔错落有致的高层楼群的夹缝里,居然挤着一个大大的早晨的太阳,像红灯笼一样好看。那种红是一种水红,一汪水的感觉,好像一触即破。

妻子说,像月亮,燃烧的月亮。

我倏忽一惊,觉得妻子很文学。妻子说,看啥?我说,你行啊,挺能整词啊。妻子说,守着大小作家,熏也熏出来了。我忽然想起,妻子是很爱学习的,她只要在电视里看到有人说错了话,或者是她认为不解的词,指定跑过来问我,证实一下。但这"燃烧的月亮"算是创作了,起码是一种联想和想象。

我知道那不是一个真实的太阳,那是经过伪饰了的太阳,这并非它的本意,这是一种被迫。这样的太阳其实是雾造成的,是雾弱化了太阳的光芒。

我走到江边,雾果然很大,弥漫了整条江,松花江边冬季的晨雾是很神奇的,是从江里升腾起来的,常常令人匪夷所思。

我很高兴，今天的太阳可以直视。我们一直对太阳是敬仰的。天上的东西，总是令人感到奇怪，除了星星、太阳、月亮，剩下就是云雾，于是我们想象出了龙。人所能做的是制造飞机，去天上飞。因此，凡是天上的东西都让人觉得神奇。遗憾的是，我们平常不能直视太阳，今天我做到了。

我在想，如果太阳真就总像今天这个样子呢？就这样红红彤彤像灯笼一样，既能够照耀世界，也能够让我们清晰地看到它的形象，那该有多好！

与鼠为邻

1

我们是受到惊吓之后才发现它的。它是一只很大的老鼠,它可能是男的,也可能是女的,我妻子倾向于是男的。说它总是白天出来,和我一样,白天出去喝酒,晚上醉醺醺回家。

其实不是这样,它是不喝酒的,它总是不分早晚,想出来就出来溜达一趟,它可能认为我们不会伤害它。

最初是把妻子吓了一跳。妻子去地里干活,那老鼠从她身边窜过,妻子吓了一跳,大叫起来。

我出去看看,没看见它的容貌。妻子还愣在那里,沉思的样子。

后来的某一天早晨,我看见它了。很大胆的样子,从洞里出来,从我身边窜过。不说是大摇大摆,也算是旁若无人。从一个洞窜出,拐入另一个洞。

我找到了它出来的洞,是我们台阶上的裂隙。那是冬天冻裂的,我一直想堵上而没有堵,这下可好,成了它的门。而另一个洞在菜地里,很深的样子,用棍子试了试,依旧很深。我也同样看见它的成就——一根躺在地里的黄瓜,要么是它不喜欢吃黄瓜,要么是食量不大,仅仅啃了一小块。我把那个黄瓜揪下来,妻子说不要吃了吧?我说为什么?妻子说她的一个同学的父亲吃过老鼠爬过的饭,得了鼠疫,死了。我惊讶,不至于吧?最后妻子还是把那根黄瓜扔了。我觉得可惜,我想,鼠疫不会是这么得的吧?我小时候被老鼠咬过也没有得鼠疫啊。我想,传播鼠疫的首先应该是病鼠才对。我不知道是不是这样。上网查了查,证明我的观点是正确的。

对于如何处置这个不请自来的邻居,我的意见是它太明目张胆,太嚣张了,应该下药。妻子的想法很温和,说,应该把洞堵上。最后,这两个意见都没实施。

2

我明确表态,我其实对老鼠也是很反感和讨厌的。

我估计很少有人喜欢老鼠,除了米老鼠。老鼠除了外观上丑陋之外,它还有许多恶习,最显著的是,它啃噬东西,传染疾病。许多成语都说明了人们对鼠的厌恶,比如鼠窃狗偷、獐头鼠目、鼠目寸光、胆小如鼠,差不多都是贬义的。但是,我觉得"胆小如鼠"这个成语好像有点毛病,老鼠并不胆小,一般地说它不怎么怕人,急眼了还敢咬你一口。有一个夏夜,我和一位朋友站在路上聊天,正好路过一只老鼠,我的朋友一跺脚,那老鼠立即蹦上他的脚背咬他一口,可见其并不胆小。据电视报道,郑州市动物园猴山上的老鼠多到抢猴子的食物。每次管理员喂食,成群的老鼠大摇大摆地上来就吃,猴子只能蹲在远处眼巴巴地看着。管理员直接用锹拍都不顶事儿,可见其不怕人,也并不胆小。

其实,大千世界,无奇不有。还真就有人把鼠当作宠物养,那种宠物鼠叫仓鼠，一般都是从远方运来的。种类也有很多，什么老公公、三线、银狐、紫仓、冬白、布丁、雪球、白熊、黑熊、琥珀、花斑、金丝熊、跳鼠等等。养鼠的有大人有孩子，还有许多人在网上交流养鼠经验，提供《养鼠手册》《养鼠注意事项》等等。

说来说去，我的这个"邻居"与它们无关，因为出身的原因，它注定卑微，它是那种需要人人喊打的老鼠。我们刚刚搬来的时候，物业曾经在一楼挨家挨户地发过耗子药，我们也都用上了，不久听说不让用了。原来是耗子没药死几只，差点把人家养的狗药死。

老鼠这东西是很神奇的，据说有450多种，有几百亿只，它繁殖速度快，生命力极强。它打洞爬树，跋山涉水啥都行，就是说基本上是十八般武艺，一般的事情难不倒它。网上查到关于它名字的说法十分有趣，"古时，人们对鼠这种动物是相当畏惧的。古人对自己畏惧的东西普遍采取了'敬而远之'的态度。于是，古人在这些事物之前冠以"老"字，以表示敬畏和不敢得罪的意思。有些地方因为迷信，在说到老鼠时，往往不敢直呼其名而呼之以'耗子'等"。这说法不知可不可信。我朋友诗人张洪波是很佩服老鼠的，他对老鼠专门做过研究，据说还写过书，他告诉我说，老鼠有独特的联系方式和信息传播途径，一种新的鼠药生产出来，第一个老鼠吃了，药死了，很快全世界的老鼠就都知道了，比互联网还快。他的这个说法我也怀疑，即使知道，它们怎么鉴别啊？我估计他说的是"歌词大意"，不必深究，他目的是说老鼠有特殊的能力。

居住在旁边小区也住一楼的我的朋友丛先生是不怕邪的一个人，他学生时当过造反司令，人称"丛司令"，又在部队干过几年，官至营职。地方上也当过经理，是一位很有人生经验的人。有一回我俩交流了对待老鼠的问题，他大伤脑筋。他说，你斗不过它，那东西鬼着呢。他谈到自己的对鼠斗争经验，用药，用水，用水泥都不行，最后不得不宽容了那些鼠类，他只是把它们逼出了院子。他说，它们和人类斗争经验太丰富了。

我想，这句话是说到了根子上，它们也在与人类的斗争和周旋中不断增长经验和才干。

下手是迟早的。我主要是说，对它，暂时还不能蛮干。

同时我还觉得，任何一种生物都值得我们观察和了解，不能因为自己的好恶就不去了解它。何必匆匆处置它呢？

3

妻子刚走到院子里，就喊我过去，我不知何故。妻子是不高兴的样子，妻子说，你看看，这耗子多讨厌，它把我种的豆角都扒出来，吃掉了。

我出去看到了现场，有两垄头一天我们顶着炎热的夏日种下的豆角，被扒了出来，豆角粒肯定是没有了，剩下一个个小坑，像小鸡啄出来似的，很均匀。都是我们种下豆角的距离，不知道它是怎么知道的。妻子恼怒地说，你还说它不糟害人，这是什么？不行，我一定要药死它。

我没吭声，是挺讨厌。我被老鼠的假象蒙蔽了，我一直以为它不怎么讨厌。它一直没动静，这家伙，搞动静就搞大动静，是个干大事的料。不过，你激怒了我的夫人，你的日子可真的就过到头了。

妻子让我和她一起，把所有的坑都平复下来。然后，我们照例出去锻炼。一路上，我们说了些别的，我以为妻子不过是说说气话而已，她很快就会把这件情忘掉的。八点钟刚过，妻子就问我物业电话，我不知道她要干什么。妻子说，物业有耗子药，我要药死它。我无奈，把电话告诉了她，她立刻打电话，物业很痛快，告诉她鼠药发放地，并嘱咐了一些注意事项。不一会儿,她把鼠药取回来了。我没看那药什么样,也没看见妻子都放在了什么地方,我知道这回这老鼠将大祸临头,难逃一劫的。

我有点怕这即将来临的屠杀,我不知道这只老鼠会死于怎样的惨状。

一夜无话,第二天早晨,妻子开门看,她咦了一声,很惊讶的样子。她说,没药死啊。

我出去看了看,原来老鼠药是些红色的大米粒,妻子依次把它们撒在老鼠的洞口、门口的台阶上、老鼠常爱去的地垄沟处,可谓处处设防,步步为营。

妻子查看了一下,粒米未动,也没看见老鼠的尸体。她诧异地转来转去。

我说,这有什么奇怪的,你以为它是一般的老鼠啊,你不一定斗得过它。

妻子悻悻地和我上早市去,心有不甘地说,这家伙,好像真挺奸。咋就没吃呢?

我心里暗笑,这家伙命不该绝啊。这只命大的老鼠!

有些事情，做就是了

我们都不看好妻子对水萝卜的移栽。我们，包括我，她的大弟和大弟媳妇。

我们一边嘻嘻笑着，一边看着妻子。妻子蹲在地上，满手泥土，把那些簇拥在一起的萝卜苗挖出，埋在那些稀疏的地方。

妻子根本不理我们的茬，对我们的嘲笑置之不理。我们的观点是，从未听说水萝卜也能移栽，都是间苗。而她坚定地认为，只要弄好，什么都可以移栽。

今年春天我们做了好多事情，包括新栽了两棵树，一棵是枸杞树，枸杞能不能在北方生长还是个未知数，估计没什么问题。还有一棵是大樱桃树，果农说是嫁接的，能过冬的。我们看了照片，果然是那种叫做"大灯"的红樱桃树。樱桃树是缓过来了，已经吐出了新芽，甚至开了粉色的花，结不结果很难说，也没指望。而那棵枸杞树毫无动静，那东西面相不好，带刺，树干发白，根本看不出它是死是活。

栽了新树，必然要对原有树木的序列进行调整。我们把两棵越来越高的糖李子树移到了对面的坡上，交给了公家。把两棵梨树移到了边缘，这些树当年我们栽得过密，已经互相影响生长，就像我们当年对待葡萄，以为栽得越多越好，其实不然。两棵糖李子树放在山坡上，旺盛生长，甚至开出了满树的花朵，它们的权属变了，到了公家的山上，可能是很高兴，愈加努力地表现。而那两棵梨树，移栽的效果不好，都已经打蔫，树叶子耷拉下来，尽管我每天都在为它浇水。

妻子说，也许梨树是不能移栽的。

我说，哪有的事儿。

妻子说，我认为你们在移栽的时候，伤根了。

这倒是有点道理。我和大舅子在移栽的时候，的确因为梨树的根子太大，没办法挖出来，把根部部分斩断，我认为影响不大。

就像我们现在嘲笑妻子一样，我们自己也常常被嘲笑，对于这些我们没有经历的事情，我们都没有经验。

今天早晨，我早早起来，看看妻子移栽的效果，小苗很可爱，都那么挺立着，说明它活过来了，说明妻子的移栽成功了。

看看我们移栽的那两棵梨树，也都是焕发的样子，也活过来了。

看来，我们的实践都是成功的。我们不应该讨论，不应该嘲笑别人。有些事情，做就是了。

妻子的秋天

每一个秋天都有属于妻子的部分,她一定是这个季节最勤劳最忙碌的人。

这时候的早市成了她的必修课,几乎一天一趟,买回茄子、土豆、辣椒、大萝卜,等等等等。然后就是紧张的忙碌,她马不停蹄,咔咔咔咔,菜板上响起了切大萝卜的声音,红皮白心的大萝卜立刻在她的面前被肢解成横躺竖卧的萝卜条子,躺在巨大的洗衣盆里。

厨房里成了战场,摆放着她需要对付的东西,她常常是刚放下萝卜就拿出土豆,放下土豆就拿起辣椒。只要是她在厨房,就不会没有声音,只是时大时小,有时候也会轻微得叫人听不见,误以为她不在那里。那是她在用水清洗着什么,她把水流放得很小……

我偶尔过去,发现她居然毫不心疼地用我收藏的松花石压在某个东西上面,她当然能看出我的不快,总是笑着解释说,临时用用。

临时用用?好家伙,我那可是几千块钱的东西啊!

院子里立刻变得五花八门,横杆上吊着茄子条,墙上挂起大蒜和辣椒,地上铺着萝卜条、茄子条,有时候甚至铺到了院外。颜色呢,有紫色，有红色，有白色，它们被放置在同一个空间里，五颜六色，气味各异。

葡萄已经熟了，在架上琳琅满目地吊着；院外树上的桃子已经红透了，可她竟视而不见。

我说，葡萄已经有些风干了。

她说，来得及，反正是做葡萄酒用，好不好看没关系。

我说，桃子都被别人摘去了。

她不耐烦地说，那有什么关系呢，你难道不会去抢着吃吗？

听听，这是什么道理呢？自己家的东西，倒要去和别人抢着吃。

第二辑

与情趣有关

阴雨天的冷饮店

我从哈尔滨秋林公司出来,拎着从那里购买的红肠和大列巴,走在通往另一条街的路上。

这个城市里的红肠、大列巴、一句半句的俄语以及偶尔走在街上的白俄人都让我着迷,我喜欢哈尔滨,它有外国情调,它和我居住的城市有许多不同。我每次来这里,都要不由自主地欣赏它的建筑,买上许多的红肠和大列巴。

这是五月的一个阴雨天,我说它是阴雨天是因为它现在阴云密布,也可以说哈尔滨整个地阴了。那个叫"北极"的冷饮店就在路旁,在这样阴冷的天气里,有谁能够去吃冷饮呢?我好奇地望过去,大厅里是空空荡荡的,没有一个顾客,穿着店服的服务员也无所事事,她们忧郁地望着窗外,或者说是门外,呆立不动。巨大的门楣上方有两个企鹅塑像,仿佛也在这阴冷的天气中瑟瑟发抖。

所有高大的建筑在阴云的压迫下,都变得低矮起来。那些哥特式建筑的塔尖刺穿天空,仿佛是在显示这个城市的倔强和刚强。

冷饮店是夏天的宠儿,而在这五月的阴雨天里,即使是在这素有"东方小巴黎"之称的都市里,也一样变得无足轻重,可有可无,像一个被人抛弃的怨妇,显出不合时宜的寂寥和冷落。

穿过小树林

因为自己的慢性病，我每周都去一家医院开药。那家医院叫创伤医院，它的楼边有一片小树林。树林是绿化部门栽种的，有许多的树，杨树、柳树，还有几棵果树。

我穿行在这片树林中，创伤医院高大的楼影笼罩着这片树林，绿色的草地上开着一片细碎的小黄花，像有人不经意洒下的花瓣。

这个季节，桃花已经开过了，盛开着的是梨花，梨花是白色的，我喜欢这花。

旁边的一畦菜地荒芜着，整个冬天它就那么荒芜着，春天了，它还是那样荒芜，垄台上长满野草，没有人去整理，这有些不合情理。

冬天的时候，我也从这里走过，那里堆积着许多无人清理的残雪和垃圾，小山一样，我每每要小心翼翼地翻越那些小山。其实，上面就是宽敞的立交桥，我完全可以不必穿行在小树林里。这也许只是一种惯性，走在那些干枯的树枝下面，我想到了它的春天、夏天、秋天，想象着有树荫的日子，想象着树叶在头顶上哗哗响，脚下一滑一滑地穿越小树林。

我想，我为什么要不分季节地穿越这个树林呢？那其实是对它有一种期待和想象。

迎接

1

儿子那天在电话里透露他和女友要在端午节回家,妻子立刻兴奋地忙碌起来。

她都忙碌些什么呢?屋里所有的犄角旮旯都收拾一遍,甚至连厨房装调料的小柜子她都擦了一遍。家里所有的"公共设施",诸如沙发垫、靠背垫,统统扯下来,扔进洗衣机里,洗衣机呼隆呼隆地转个不停。

2

日子当然还早。她埋怨儿子这么早就把消息告诉她。

"太让我兴奋,太让我激动了",她不断地说。

她每天一起床就念叨这件事儿。仿佛家里头再也没有别的事儿,这是她唯一惦记的事儿。

3

她拉着我去小商品批发市场去买东西，红包不要带喜字的，但是要大，大到足够能装许多钱。她估摸了一下，儿子他们回来时应该是夏季，家里的电苍蝇拍早坏了，她一直不买，这次一定要买新的。

她还硬拽着我去了旁边的那家内衣商店，买了两套女式睡衣，一套男式睡衣。我说她有些偏向，她说，我"姑娘"第一次来嘛。她把儿子的对象亲切地称为"姑娘"。

4

妻子一下子成了创意大师，她布置我说，你写"热烈欢迎"几个字放在咱家的门口，字要足够大，让我姑娘一进门就感到温暖。当然，也还有细节，诸如要用花瓣点缀四周，要用彩笔写成空心字等等。她还亲自拟了写在红包上的字："宝贝女儿：装满快乐健康！载满我们送给你的祝福！爱你的叔叔、阿姨赠，某月某日"，我擅自更改了一个字，把"载满"改成"装满"，只是为了句式统一，她就有些不高兴。

5

她说，我可不能像别人家的老婆婆，我要当一个除了她自己妈以外最亲的人，我要让她一进家门就喜欢我。

她还打电话嘱咐儿子，你可别嫉妒妈妈对她好啊，妈妈对她好，还不是对你好，你明白吗？儿子连声说，明白明白。

儿子能不明白吗？

6

日子总算是到了。

接待规格不断升级——

我在白纸上写的空心字作废，二小舅子媳妇建议用红纸写，说红纸写的字显得喜庆。大小舅子练过书法，当天就提着笔墨过来，现场挥毫，字写得那叫相当漂亮。

小舅子一早上就开着车上机场接人去了。我私下嘟哝，有动车，二十来分钟就到了，当即受到妻子的埋怨，说人家表达当老舅的感情，你管啥？

我在妻子的感染下，立刻成了"老贱种"，跟在妻子后面屁颠屁颠地在院子附近采花，洒在标语上。看着那花中间的字："热烈欢迎宝贝女儿"，连我的心里都是热热的。

戛然而止的歌声

走到宾馆三楼的拐角处,我听见吧台那个梳着短发的女服务员在轻声歌唱,她尽量把声音放得很低,低得只能算是哼唱。

她知道自己是在工作,不能尽情,不能放声,可她还是想表达心中的喜悦,她因为什么而喜悦呢?是和爱情有关,还是和工作有关,谁知道呢?

一个人的喜怒哀乐常常是情不自禁的。

我的路过,使她蓦然停止了歌唱。她绯红着脸,低下头,好像被人窥破了什么秘密。

其实我一无所知,我只是路过,只是偶尔听到了她美妙的歌声,那是一个歌颂套马汉子的歌曲:

套马的汉子你在我心上

我愿融化在你宽阔的胸膛……

多么美丽的表达,却因为我的到来戛然而止。

变化

A

嘿,告诉你说,儿子领回来女朋友,我们家发生了些微的变化……

B

过去去超市,儿子推车走在中间,我和妻子走在两边,我们三个人并排。现在去超市,儿子和女朋友走在前面,我们走在后面,两两并排,我们在第二排。

过去购买小食品,儿子当仁不让,只管往购物车里扔,很快就扔了一车,他从不征求我们的意见,知道问我们也不懂。现在妥了,是两个人研究,卿卿我我,耳鬓厮磨,研究的结果是儿子变得慎重了,往购物车里扔的东西少之又少。

C

早晨起来,不能随意地进出。妻子不断地向我暗示或者明示,各种戒律相继出台:脚步要轻,不准咳嗽,不准打哈欠,不准说话,不准……总之是不准弄出一切动静。

她不光要求我,自己也率先垂范,干脆不穿拖鞋,光着脚在屋里走路。

我洗脸,她不准我弄出声响,洗脸怎么能不出声响呢?

我刮胡须,她让我上厨房去刮,我的剃须刀刚一响,她立刻走过来把厨房门关上。

我要上厕所,她开始让我坚持。实在坚持不了,就提出各种要求,最终还是不让我弄出响动。

D

早晨妻子上早市,买了葡萄、草莓、大樱桃、山竹,洗净后摆在茶几上。

儿子起来看看,点划着说,你买的都是她爱吃的。

儿子爱吃的水果我知道(妻子当然更知道),他爱吃的是桃和西瓜。

那时候女孩还没醒,看来儿子对母亲的变化也有些嫉妒。

E

他们要走了,儿子分别抱了抱我们,就和女孩高高兴兴地走了。

我们没有去送站,是小舅子他们送的。

看着两个人很亲热地走出院子的背影,我说,儿子现在不光属于我们了。

妻子先是不吭声,接着突然就哭了起来……

我真想打自己一巴掌。

地震纪实

地震发生的时候,我正在酒店里和别人喝酒。我妻子打来电话,告诉我:地震了。听她的声音不是害怕,而是惊奇的样子。她说,我正在练钢琴,我觉得有些迷糊,我以为是我的高血压犯了,很快就没事了。她说,这时候小弟从北京打来电话(她弟弟在北京出差),说吉林附近一个地方地震了。很快,我们那桌的几个人纷纷接到家里或朋友打来的电话,证明是地震了,看来确有其事。

信息发达就是好,如果在过去,别说地震,就是天塌下来也没有办法,谁也不会知道。

不一会,我妻子又来电话,她说我们家停水了。我问为什么,她说小区管线坏了,正在抢修。我说四级地震不至于造成管线的损坏吧?她呵呵笑着说,不是,是赶上了今天抢修。

我说你这时候把这件事告诉我,不是制造恐慌么?如果我把这件事情和地震一起说出去,问题就大了。许多谣言就是这么产生的。她哈哈大笑,她说那都是你们文人的事。

我后来上网查了一下,已经有许多消息。据吉林省地震台网测定,

2009年3月20日14时48分,吉林省四平市伊通满族自治县与公主岭市交界处发生了4.3级地震。四平、长春、吉林、辽源等市震感明显。松原、通化等地区有轻微震感。据各地报告,目前没有人员伤亡和房屋倒塌情况。

还有报道称,吉林省地震局新闻发言人孙继刚20日下午对媒体宣布,吉林省地震专家会商后认为,20日下午发生的四平地震属于孤立型地震,没有前震也没有余震;吉林省近期没有发生破坏性地震的可能,人们不必过分恐慌。

自从四川大地震后,人们对地震比较敏感。但那天我的酒桌上的朋友们都比较坦然。

他们说,没事啊,该河里死井里死不了。

他们说,天塌大家死,过河有矬子。

我不知道,他们是视死如归呢,还是某种程度的麻木?

手风琴和老人

坐在巨大的阳伞之下,我们才听到那美妙的手风琴声,我们是来喝冷饮的,我们没有想到会在这里听到消失已久的手风琴声。

循声望去,一位老者坐在那里拉琴,他的衣着和相貌是那么普通,甚至有些邋遢,他的头上戴着一顶老式的帽子,帽檐耷拉着,他的脚上穿着一双胶鞋(这可是初夏啊),不断地打着拍子……如果不是他在拉琴,我们无论如何看不出他和音乐有关。

他拉的都是一些老歌,都是现在年轻人陌生的歌,那是属于他们那个时代的歌,是我这个年龄才能勉强听懂的:《山楂树》《纺织姑娘》《亚非拉人民要解放》《哈瓦那的孩子》。

他很陶醉,闭着眼睛,像一个真正的手风琴演奏家一样。

往事漫上心头,阳光照在脸上,皱纹纵横,略显沧桑。那些陈年往事使他骤然年轻起来。

他睁开眼睛,看到我们在望他,突然咧嘴一笑了,笑得那么开心,自足,惬意。

他为什么要笑呢?他的快乐难道就是这么简单吗?

他的笑感染了我们。

冷饮还没上来,而我们好像喝了冷饮一样。

两个"甜品"

儿子和女朋友匆匆来去,他们是为了看从加拿大归来的老姨,与全家难得一聚。

让我和妻子高兴的是,他们带给了我(或者说是我们)两样"甜品"。

第一个"甜品"是真正的甜品,儿子在我们家附近的超市里发现了一种"无蔗糖"的蒙牛奶业出品的冰激凌,儿子知道我喜欢吃这些甜品,每次去超市他都在寻找他爱吃的东西之余,寻找这些东西。过年回来时曾为我寻到了"无蔗糖酸奶",这次为我寻得了这个,我一下子吃了两个。吃得妻子直瞪眼睛。

第二个甜品,是让我们内心发甜的"甜品"——"乐在此,爱在此"港澳珠四日三晚三地游旅游套票,前年去深圳我们就想去游港澳,可我们没办港澳通行证,于是抱憾而归。这次儿子给弄了这个套票,我们可以遂愿了。

现在做父母的,其实更多的是对孩子们的关心,并不求回报。儿女一点小小的关爱,就很容易让人感动,这样的现状正应了舒婷的一句诗:不知是悲是喜!

其实,我们心里知道,当然是喜。

老食品

每次去哈尔滨，妻子都吩咐，一定要买点红肠和大列巴。

列巴，是俄语的音译，面包的意思。我中学时学过俄语，都是和伟大领袖（比如毛主席万岁万万岁）、中国地大物博（比如这是中国地图……）以及战争有关（比如缴枪不杀），没有宣传苏联的——那时候中国已经与苏联老大哥交恶，正在争夺珍宝岛。中国是受苏联影响比较深的国家，生活中有许多俄语流行，比如列巴（面包）、喂大罗（水筲、水桶）、布拉吉（连衣裙）、格瓦斯（饮料）。

小时候，父亲去哈尔滨买过这样的大面包，我们吃了很香。

我不知道妻子为什么喜欢吃大列巴。但凡我去哈尔滨，哈尔滨红肠和大列巴是必买之物。红肠是买给儿子吃，我和妻子则喜欢吃大列巴。妻子说她喜欢大列巴酸酸的面包味儿，让她想起原来的老面包的味道。她说的意思我明白，其实就是老食品的味道。

人是很古怪的，不管生活多么进步，总要怀念一些旧的东西，比如老歌，比如老食品。经常有一些老干部到街边的饸饹条馆或者冷面馆去吃饭，在不引人注目的角落里吃得满头大汗。有些人看了诧异，想，这么大的领导,怎么还吃这个?人嘛,在本质上都一样。

大列巴更没什么好吃的,它过于庞大,一顿两顿吃不完;皮又太厚,太坚硬,切着都费劲。对于现代人的生活,它其实有过多的缺点。

我想,它之所以被妻子喜爱,就像我喜欢吃黏面团和臭馇子条一样,不过是一种对过去生活的怀念罢了。

夜行

临走时,老周拍着他的本田说,老伙计,又用上你了。

这一阵儿,老周一直使用别人的车,自己的车放了很长一段时间,已经有些陌生。人和车就像人和宠物一样,在老周的眼里,车也是活物。所以当他拍着那台车时,给我的感觉,就像抚摸着一个宠物的脑袋。

这次去哈尔滨开会,他决定开自己的车。

由于走得晚,上路不长时间,天就黑了下来。夜色扯上幕布,哗啦一下,就毫不客气地蒙在了人们头上。从车里望出去,远处的灯光在树缝间闪闪烁烁,流萤般起伏飞动。偶尔看到近处的房屋亮着灯,有人影在里面晃动,就觉得很温暖或是温馨。

在夜里,人和人才显得亲近。

车里的音乐响了起来,反复地唱着一句"没头没脑的爱,死死地追问",可是"没头没脑的爱"究竟是什么样的爱呢?

夜间的道路上是车的天下,车也和人一样,是有品性的。有的彬彬有礼,也有的横行霸道。老周的车充分显示了君子风度,不断地鸣笛,不断地谦让。

  这条路正在整修,到处坑坑包包,十分颠簸,老周面容平静,边盯视着远处,边抽着烟开车,很是得心应手。我这才明白,出远门他为什么要开自己的座驾,老伙计当然更可靠,更有把握。

  夜已经彻底黑下来了,我们终于看见了城市里的红绿灯。

  老周松了一口气说,哈尔滨到了。

  看来他并不如我所看到的那般轻松,也许成熟的男人紧张都不体现在表面上。

一个人的舞台

只要上台，他就成为精灵。

他成为精灵，当然与马头琴有关，与那个湖蓝色的蒙古长袍有关，与那个黑色灵巧的蒙古皮靴有关。

此前，他只能算是木偶，平庸、木讷，是马头琴那散发着草原气息的音乐指引，是湖蓝色的长袍穿在身上，他开始四肢张扬。

复活，让湖水掀起波澜。

他的肢体简直会发出声音，有时是深情的诉说，有时又是喜悦的呐喊。

双肩抖动，他就成了傲视苍穹的雄鹰。脚步轻迈，他又引来青草和羊群。他的目光辽远、深邃，胸怀也是辽远和深邃的；他的嘴角挂着微笑，美好和满足不言而喻。

他的每一个动作都使我们惊讶甚或战栗。

我其实是认识他的，他是我的一个朋友。在台下他那么腼腆，甚至可以说是羞涩，只是个普通的中年人。我蓦地明白，怪不得他那么迷恋舞台，因为只要上了台，洒脱、灵敏、自信、豪迈都回到了他的身上，使他一下子变得生动无比、光彩照人。

这是他一个人的舞台。

偶记

1

在夜晚的乡下往城里看看,你会发现什么?那月亮居然是红的,可它为什么会是红的呢?

很久没有听见此起彼伏的蛙声了,当它们从黑漆漆的庄稼地里传来,你竟是有些莫名的感动。夜空在乡间显得辽远、空阔,好像一下子被推出了很远。你立刻认出了北斗星,那七颗星星在天幕中排列成勺子的模样,从小的时候一直看到现在,亘古不变。

后来,有朋友告诉你,它们并不是亘古不变的,它们时时在变,它们根本不是我们看到的样子。因为它们的图像传到我们这里要好多光年,我们看到的其实是假象。

科学真厉害,什么都能找出真相。可这只是理论上说的,如何得到证实呢?我们不得而知。

2

早晨走在江边，路上有红红的纸钱，估计是有人出殡，过去纸钱是黄色的，现在为什么是红色的呢？是表明喜丧的意思吗？还是朋友告诉我，这是为死人搬家，也就是迁坟。迁坟为什么就用红色的纸钱呢？难道阴间也和我们一样，也用红色表示喜庆吗？为什么红色就一定是表示喜庆呢？

跨江的桥正在施工，高高的桥墩上已经围上了脚手架，使它更加宏伟，忽然想起了毛主席的一句诗：一桥飞架南北，天堑变通途。

3

草坪上有黄的花和白的花，黄花我知道，是蒲公英的花，它总是夹杂在草坪里，生命力旺盛。而白的花是什么花呢？我不认识。它们都是一簇一簇的，从不单独生长。我家的周围也生长着这样的花，我夜晚回来，常常见它们在夜色里盛开，团结热烈的样子，好像发着光。

4

妻子摘着路旁的玫瑰花。那些玫瑰花真是漂亮，一朵一朵的，扬着粉红的脸庞。妻子一朵一朵地揪着它们，我不知道她为什么要揪它。问妻子，她说看别人都揪呢。我说，有什么用呢？花是大家看的。妻子说，不知道，反正看别人揪也想揪几朵。

这花真的好看。妻子边说边把花送到鼻子前嗅着。

两头驴的区别

走进市场,忽然发现了另一头驴,也是拉着卖香瓜的车。为什么说是"另一头"呢?因为前些日子我写过一头驴,故而称"另一头"。

这头驴高大、威猛,看上去有点像骡子,但我知道它是头驴。与先前看到的那头驴相比,打个比方,如果说那个是女生,这个就是男生;如果同是女生,那个是小家碧玉,这个就是大家闺秀。

比较起来,该驴的主人明显比那家驴的主人富裕,怎么说呢,那家套在驴身上诸如鞍子等一应物品都是对付的,有的用废车带,有的用旧胶皮,套包用的是麻袋片子。而这家的行头就不一样了,鞍子是鞍子,套包是套包,都是正宗而像模像样的。

这家前面还特意放个草料袋,让该驴吃得饱饱的,我看到它的时候,该驴正将头埋在料袋中吃草料。我想与它亲近一下,它并不理会,依旧吃草。我想,人家正吃着呢,肯定是讨厌打搅,就先去散步。

等我回来,已是半个小时之后,驴果然已吃完,料袋看来早已收起,驴显得无所事事,又好像心事重重。我把手伸向它,这回挺客气,立刻把头伸向我,很是热情。我同样被它的嘴唇触碰,似乎没有先前的那头驴湿润，嘴唇有些干燥，是不是刚刚吃过草料的原因？

我告别这头驴，恰好又看到那头熟悉的驴，它好像不认识我似的。我把手伸给它，它并没有像那天一样表示热情，而是把头别开，瞅向别处。我想，难道它知道我刚刚喜欢过另一头驴，有些嫉妒不成？想想不会，它们俩相距那么远，怎么会呢？

卖瓜的两口子还在，今天似乎卖得不好，已经六点多了，还是满满的一车。那么它是替主人忧虑？想想它智商不会那样高，只是它根本就不认识我，我偏多情，如此而已。

两口子扭过头来看着我，那神情好像看着我在逗他们可爱的孩子，他们的目光很柔和，甚至充满了温柔。

我蓦地不好意思了。

傍晚

1

溽热的傍晚,妻子在给菜地浇水。我背着手在院子里站着。

妻子说,别参观,做点力所能及的事情。

我说,没啥事儿啊。我的眼里向来没有活儿。

妻子说,你喂喂鱼。

鱼是草鱼。我们家不愿意养活物,这是唯一养的活物。买鱼的时候,我们问人家,啥最好养,人家说,草鱼。于是,我们买了两条好养的草鱼。此刻,鱼就在院子里的鱼缸里优雅地游动。

我找到鱼食,抓出几粒,丢在鱼缸里,鱼们先是一愣,好像有些意外,然后头碰头、嘴对嘴地研究,嘴唇翕动着,我感觉它们是有些疑惑,"他真的是喂我们吗?"它们肯定会这样想,有什么办法呢,因为我很少喂它们。不知道它们研究的结果,总之是它们又游动起来,一前一后,很有秩序。鱼食在水面上飘着,像诱饵一样,因了鱼儿的躲躲闪闪,我自己都感觉像下了毒,是一种阴谋。前面的那个,首先探出水面，吞一粒鱼食在口中，然后缩了回去。我这才明白，它们并不以为是毒药，而是碍于我站在这里观看，不知我是何意。我于是退远一些，想躲出它们的视线所及。鱼儿们果然放松了许多，前面那鱼又吃了几粒，然后摇头摆尾地对后面的那条鱼说：没事儿，好吃。——这当然是我的想象——后面那条鱼紧跟着也放心大胆地吃起来，不一会儿，那些鱼食就被它们吃光了。

2

妻子说，我又做了面包，这次没放糖，给你吃的。

我想起，我早晨确实说过要吃面包，我不知道她什么时候做的。小舅子和小舅子媳妇们刚走，桌子上明明摆着饺子，这说明她晚餐是给大家做的饺子，何以还有时间做面包？

她说，早晨你一走我就做上了。我想留着你明早吃。

巨大的面包被从面包机里倒出来，放在案子上，很漂亮的样子，焦糊的外观和面包味儿让我直咽口水，我拿起菜刀就要切，妻子说，有面包刀。她找出面包刀，长长的，带着锯齿，我接过来，切了一片，面包刚刚熟透，散发着热气，只是边缘有些硬实，往里切就软了起来，几乎站立不住。妻子说，你都能吃了咋的？我说不能。她说，那你就吃多少切多少。我遵嘱切了两片，最后只吃了一片。

妻子嘟哝着，你总是没谱。我没吭声，我想，吃的问题上要什么谱啊？

3

妻子让我和她去大润发超市，这是我最不愿意去的地方。

我当时坐在电脑前写一个关于我们家桃子的故事，我说等一下，我还没写完。

妻子说，我一说去大润发，你就写东西。

我说，那怎么是呢？我只要十分钟。

妻子于是不吭声，出去到院子里转悠。

我写完了，发在博客里，博客也和菜地一样，你要不去伺候，也会荒芜，妻子不懂。

我伸了个懒腰，走出家门。妻子果然在院子里忙碌，她在捣大酱，大酱的味儿浓重地飘过来，我不愿意闻，想走开。她说，你帮我捣两下，我很不情愿，又没有什么理由。我接过酱耙子边捣边说，你不是要去大润发么？她说，赶趟，我得进屋换换衣服。

她一进屋就不出来，我不耐烦地问：可以了吗？

她在屋里说，什么可以了？

我说，酱。

她说，可以了。你把它盖上。

我说，你换衣服要换到什么时候啊？

她说，我这不刷碗呢吗？

瞧瞧这人。我着急，她倒是不着急了。

4

我和她在超市里走，她在前面，我在后面。

她先后挑选了两块大肥皂、一袋用于花盆的小工具（包括锹、铲、耙）、一瓶醋、一袋花椒面。在白糖那儿，她要拿，欲拿又止，她嘟哝着说，大弟说明天要给我拿白糖。

我看见有酵母粉，建议拿一袋，因为做面包要用。她拿起一袋看了看价签，说怎么一块二呢，咱家跟前儿那个超市才一块钱。随即放回货架上说，回去买。

她最后拎了桶豆油说,走!

我们往回走,她背着兜子,我拎着豆油。

她说,我拿豆油吧?

我说,不用。

她说,豆油沉。

我说,我知道。

她要过来抢,我躲避,把豆油从左手换到右手,豆油是挺沉。

她说,啥时候开始装男子汉了?

我说,一直是啊。

她撇了撇嘴,没吭声。

散步

一出门，不由得抬头望望，发现天空很诡异，莫名其妙地分成两半，一半浓云密布，一半透着光亮，那好像是因为落日发出的光芒。薄暮时分，院子里分明有些暗，鱼在水中凝然不动，果实躲在树叶里（这当然看不到），门口拱形的篱笆上，几朵喇叭花悄悄地开了，居然是蓝色的。

小区的路旁那些用于造型的树，刚刚修剪过，呈现出圆形或者条状，有人在楼前空地上玩一种古老的游戏——跳房子，一个年轻的母亲和她的孩子，而父亲饶有兴趣地抱着膀，在旁边观看。

我朝着浓云密布的那个方向走去，那是通往江边的路。许多的人都在江边散步，一个或者几个，男的或者女的，老人或者孩子。还有众多的狗，它们在人群中穿来穿去，你不知道它们从哪里冒出来，这个城市的狗太多了。

一个秃顶、光着膀子的人，满头大汗地从我身边走过，我看不出他的年龄，擦身而过的时候，我听见他急促而粗重的喘息声，他急匆匆地走着，好像有什么事情，也许没什么事情，他就是在走步，不过是走得急了点。

一个脑血栓后遗症患者走过来，他表情木然，走走停停，好像对自己的走路充满信心又时时没有信心，他的妻子跟在后面，也是表情木然，她好像对他也没什么信心。

三个，要么就是四个老人和一对年轻夫妻，共同围着一个孩子说笑着，孩子坐在车子里，张着两只小手，舞舞扎扎。我听见他们的欢笑声，我想，一个孩子得到这么多人的宠爱究竟是好事还是坏事呢？这就是以后所有孩子的生存环境和生存方式，我们小的时候经常被漠视、呵斥，甚至毒打，现在的孩子，或者以后的孩子会怎样呢？事情会不会反过来。

在这天色渐渐模糊的时刻，路两旁的灯刚刚亮起，人和人只能看出大致的轮廓。

我加快脚步，穿过一个又一个、一伙又一伙的人。我看见每天都能看到的折返点的高压线塔，和塔后面那个红黄两色的哥特式建筑尖顶上的灯光了，明亮，甚至有些耀眼。以前怎么没有亮灯呢？

回去的时候，走另一条路，在一个小广场前，见围了许多的人，里面隐约传出歌声，麦克风的声音很大，哐啦哐啦的。但也约略能听清唱的是什么："渔家姑娘在海边，织呀么织渔网……"我知道这是许多年前的一个电影插曲，真的有些年头了。

继续往前，有两辆摩托闪着装饰性很强的灯光从后面窜了过去，丢下声嘶力竭的歌声，我依稀听见两句："我的爱情我去买单，买回所有平安。"同样是歌声，这是年轻人的歌声。

走回院子里，望望天空，天已经彻底黑了下来，隐约的横着一些条状物，变得更加诡异。探头看看那两条鱼，还是凝然不动。

南方蛮子豆腐脑

早晨去市场,见有一豆腐脑摊,上面横幅旗帜高扬,曰"南方小蛮子豆腐脑"。

这可不是什么好旗帜,在我看来,"南方蛮子"这个称呼是一个近乎歧视性的称呼,起码是不很友好的称呼。这里面包含着对南方人的偏见,比如认为南方人"小气,狡黠,唯利是图"等等。摊主是个小媳妇,的确是个南方人,挺大的额头,说话也有些异样。

难道她不知道这个词的意思吗?是何种勇气敢于故意亮出这样的身份?而且还加了个"小"字。这到让我佩服起来。我不知道豆腐脑是不是起于南方,南方人做的豆腐脑就一定好吗?这当然不见得。我估计她想表达的意思是,"如果你吃腻了本地的豆腐脑,不妨尝尝我们南方人做的豆腐脑"。特别是那个"小"字加得好,俏皮,仿佛是一个人躬下身来,变得亲切、和蔼。也表明了自己的不一样。她的不一样还体现在,她每天并不多卖,三轮车上永远只是一桶豆腐脑,一桶汤汁作料(卤),卖完拉倒。

我和妻子见了招牌买过两次她家的豆腐脑,汤汁里大致也是黄花菜、木耳、金针菇那么几样，其他小料也和别家并无二致：香菜、辣椒油、蒜泥、葱花、韭菜花等等。回家一吃，也没什么特殊的滋味。说实话，反而有一种上当的感觉。我估计她并不是按照南方的做法做的，据说南方人喜欢吃甜汁的豆腐脑，她的豆腐脑一点也不南方。

不过，每天路过那里看着她依然生意兴隆，估摸着，还是那个招牌起了作用。大家不过和我们一样，为了好奇才买一碗尝尝。要知道，这个世界上总是有许多好奇的人。

染发

年龄渐大,白发渐生,如雨后春笋,薅也薅不过来,于是妻子就建议我染发。

鉴于我是糖尿病患者,妻子不让我用国产的染发剂,而是让小姨子从国外给我带回来一瓶加拿大生产的染发剂,据说这染发剂没有副作用,不会造成过敏或者感染。我倒不是那种认为外国月亮一定要比中国圆的人,但我想外国人如果遇到产品质量问题,肯定不会像我们这样容易隐忍,一定会诉诸法律。所以,也就充满了信任。

第一次洗了头后,妻子给我用梳子往头上梳,眼看着自己的头发逐渐变得油黑,开始还很高兴。及至染完了,妻子把头给我梳得光溜溜的,头发紧紧地贴着头皮,是那种年轻时爱梳的一边分,黑黑的头发的确使我显得有些年轻。看着镜子里的我忽然觉得陌生,好像那不是自己。

于是,把那瓶染发剂束之高阁,依然让头发尽快地花白,如一老翁。倒是有好处,上公交车有人叫大爷,有人叫爷爷,也当然有人让座。只是到了饭桌上常常尴尬,现在的吃饭除了论地位,主要是论年龄大小，以示回归自然属性。许多人上桌就管我叫大哥，自己也就应着，一论年龄，自己又好像故意做了假，总是怯怯地说出，弄得满桌人皆惊：没想到这人长得这么老？

回来当着妻子学，妻子高兴地说，那你就再染染发。她好像要推销她妹妹买的东西似的。

我说，你是不是也嫌我老呢？

妻子一愣说，我怎么会嫌你老呢？

我马上自豪地说，只要你不嫌弃我，愿意谁谁，我才不在乎呢。

"那不是手机,那是音乐"

早晨,我在我们小区附近的站桩等车,附近突然响起一阵优美的音乐声。是《两只老虎》的音乐声。

我循声望去,见一位瘦而高的老人站在那里,看来也是在等车。

我以为那声音是老人的手机铃声——现在的彩铃声五花八门,以为是老人听不见(老年性耳聋的人太常见了),就走过去,对老人说:你手机响了。

老人看看我,狡黠地一笑,说:"那不是手机,那是音乐。"

说着,他掏出一个类似小音箱的玩意儿。果然是那里发出的声音。给我的感觉是,他经常在这种公开的场合受到这种善意的提醒。

老人说:"呵呵,两只老虎。"

他说的是歌。

我尴尬一笑,也附和着说,"两只老虎。"

老人挺爱说话,他感慨地说,"特别好听啊。"

我为老人的童心感动,就问,"您老高寿?"

老人用手一比划说,"八十二了。"

我说，"您老挺有情趣，愿意听音乐哈。"

"可不是，"老人摇着他那个小音箱说，这里头装着三百多首歌呢。啥都有，歌曲啦，京戏啦，黄梅戏啦，梆子啦，评戏啦，反正好几百首呢。"

老人说，"我只要出门，就把它带上。"

老人和我等的不是一个车，他要坐44路，往市里去；我要坐42路，去创伤医院开药。老人主动说他要去市里商店买气球，眼看着44路车已经来了，我以为他是给孙子或者孙女去买东西。

他不以为然地说，"不是，是我家的热水器出点毛病，我自己做了个线圈，就得用那东西。"

我诧异地说，"您老还能自己鼓捣那东西？"

老人伏在我的耳边自豪地说，"我原来是搞自动化的。"

我看看老人，他着装整洁，好像神经上没什么问题。但我毕竟不怎么相信他说的话。他工作的那时候，有自动化这一说吗？再者说，气球和线圈有什么联系呢？我真是不懂他说的那些，也许他说的是真的？

错觉

酒桌上，不知为何忽然说起榛子，我坚定地认为现在还不到榛子下来的时候，并且引用农谚："七月核桃八月梨，九月榛子去了皮"。自以为得计，遂得到不少人附和，还有人以自己下过乡在山区呆过的经验做佐证。

有朋友并不买这个账，证据确凿地反驳说，我几个哥们就在山上采榛子呢？

我们几个认为榛子不能成熟的人都宽容地呵呵笑了，说，净瞎说。

那个朋友很生气，抄起电话就打了过去，他对那边说，大哥，他们不相信你们采榛子呢，你们马上过来。

我们依然不相信，再咋说，也不能时序颠倒啊！

过了二十几分钟（也或者半个多小时），两男一女进来，一个戴着古怪帽子的小个子男人，扛着一个编织袋进来，咚地一声把袋子放到地上，那朋友立刻神采飞扬地说，把榛子给他们看看。

果然是榛子，虽是绿色的，但已成熟。亲自磕开几个，个个果仁饱满。

回到家里酒醒之后，细细思索，原来是自己把农谚给记错了，明明是："七月榛子，八月梨，九月核桃去了皮"嘛！

固执的甲虫

龙欣老师进屋的时候，一脸灿烂的笑，看着就让人高兴。

不知道他有什么高兴的事情。他不说，我们也不知道。

他穿一件白绿相间的细格衬衫，肩头上趴着一个黑色的甲虫。那虫儿尽管作出很温顺很庄重的样子，但毕竟是虫儿，趴在人身上看了毕竟不爽。我见了，把甲虫弹掉。告诉龙老师，你身上有一个甲虫。龙老师好像都没听见我在说什么，他正忙着和大家打着招呼，寒暄握手，谈笑风生。老朋友见面，当然有许多的话要说。

点菜的空儿，甲虫再次飞上他的肩头，不知道他的肩头有什么魅力。我再次弹掉。龙老师回头看看我，我告诉龙老师，一只甲虫。这回他分明是听见了，冲我点了点头。

上来一个菜，是凉菜。酒已经倒好，大家面面相觑，都看着桑老师。桑老师说，一个菜，少点哈？那态度有些着急，也有些不好意思，毕竟是他做东。我说，没事儿，经济滑坡，一个菜开喝吧。大家遂端起酒杯。桑老师认为这次聚会意义重大，想讲一下。

偏偏这时，那个无耻的、不知轻重的甲虫第三次飞回龙老师的肩头。我第三次弹掉那个甲虫。这回大概是我的动作太大，龙老师说干嘛？

我说，哈哈，还是那个甲虫，它大概是爱上你了。

龙老师也哈哈大笑。他于是讲起了最近在儿子家种地的事儿，又跑题了。桑老师立刻停住发言，在那边端着酒杯饶有兴趣地听，大家也端着酒杯，这时候哐当哐当连上了两个菜，呵呵，仨菜才真正可以开喝呢。

直到龙老师兴致盎然地讲完，桑老师又接着讲目的意义，大家肃然起敬，洗耳恭听。桑老师褒奖了一圈大家，大家又褒奖了他，他真的值得褒奖，人近七十却依然精神饱满，频发大作。

我一边听着，一边还在偷摸地想，那个甲虫是怎么回事呢？它为什么那么迷恋龙老师，是龙老师身上衣服绿色的条纹，使它误以为是什么绿色的植物？还是龙老师身上有什么独特的气味儿吸引了它？也许龙老师的劳动，使他无意中沾染上了田野和大自然的气味吧，呵呵，也许是的，它就是奔着那些气味而来，这个固执的甲虫。

大家开始喝酒，我也端起酒杯。心想，这小家伙其实挺无辜的，本来兴高采烈地跟随龙老师来，出席桑老师的酒宴，当一回嘉宾，却让我几次三番地给赶跑了。我歉意地望望地下，想寻找一下，它已踪迹全无。

饭店即景

1

那个饭店叫李先生面馆,是一家连锁店,很像多年前的美国加州牛肉面面馆,看介绍好像是同一个地方出来的,美国加州难道是一个产面的地方吗?

面馆在长春火车站对面。从面馆的窗户望出去,可以看见长春城铁的站桩,人们在那儿排成长队等待上车。不管在哪个城市,站前都永远是闹闹哄哄、川流不息,汽车拼命地摁着喇叭,人们匆匆忙忙,朝着各自的方向。

我们坐在面馆里,看街上的乱,享受着屋里的静。

2

我说的我们,是指我和周颖先生。我们在这里接人,有人正从武汉坐"汉口至哈尔滨"的火车,不是动车,只是快车,要一天一宿,十九个小时,很漫长的时间,对于这趟车,长春只是中途,它的终点是哈尔滨。

据广播说，列车已经晚点，我们想在等待的时候吃一碗面。屋内人满为患，我们恰巧碰到了一个刚刚空下来的桌位。时间尚早，我们尽可以在这里等待、进餐或者谈笑风生。

3

我的对面，坐着一对恋人，从他们亲热的样子可以轻易地判断出来。那个女的不知为啥突然起身走了，走出饭店，不知道她出去干什么，那个男子显然是知道的，要不他不会那么坦然。侍者在他们的桌子上放了两杯扎啤，扎啤泛着可爱的泡沫，黄色的液体让人生津。横放在桌子上的女子那五颜六色的包很醒目，和扎啤放在一起，好像一副印象派的画，男子成了背景。开始，那个年轻男子还悠然自得，但很快就显出了不耐烦，他掏出手机拨号，突然又把目光盯到包上，抻着脖颈听着包里的动静，显然是女子没带手机，手机在包里响起来。男子这才显出了真正的焦躁，他站起身来，望着窗外，这当儿有两个人走进来，他把目光急切地望过去。后来他两次问侍者什么问题，侍者的回答好像让他更加无法安静下来，直到那女子匆匆走回，他才笑逐颜开。我看见那女子手里拿着一包很厚的餐巾纸，我奇怪这桌上有餐巾纸，她为什么要自己买一包呢？男的重新坐下，端起酒杯，脸上溢满讨好和幸福的笑。女人背对着我，我看不清女子的表情。看她放松地靠在椅子上，从她的肢体语言判断，也应该或者至少是幸福的。

4

一个老年女人因为一个男子坐在她的对桌，气哼哼地起身，坐到我对面的角落里。她开始打电话，她问对方几点下班，并要求对方七点钟到火车站来接她。她看见侍者把一碗面端到那个男子的桌上，嚷道：是我先点的，你怎么给了他？男侍者愣了愣，问，你原来坐哪桌了？她冲那低头呼噜呼噜吃面的男人努了努嘴唇，男侍者笑了，说，谁让你换桌了，我们是对桌不对人。她哦了一声，想要恼怒，又觉得不妥，突然看见有一处空座，还想换桌，想了想，又坐下。她满头花白的头发，穿着一件风雨衣似的条绒衣服，领口和袖口有两圈装饰性很强的黑色，这样的衣服穿在她身上有点滑稽，想必是孩子的衣服。

后来，面来了，她开始大口地吃，她好像真的饿了，吃相是那种饿极了的吃相，既狼吞虎咽，又深切体会。走的时候，她把剩下的两张餐巾纸叠好，揣在兜里。

5

那个提着写有"星巴克"（是那个在故宫里惹麻烦的"星巴克"吗？）字样兜子的人刚一离座，三个女人就疯也似的坐在了那里，她们叽叽咯咯地笑着，不知道有什么喜事儿，好像天生就爱笑似的。待她们坐下来，我才看清，那是一个大人和两个孩子。大人很胖，穿着黑色的连衣裙，坐下后，从桌子底下露出两只象腿，粗壮得很，鞋子是很时髦的鞋子。两个女孩背对着我们，一个染着黄色的头发，穿着色调很模糊的条纹套装。另一个女孩也穿着条纹套装，却是很鲜明的样子，白色和褐色的色块搭配，一点也不好看，前摆还长出一块儿，耷拉在旁边，看上去好像是被谁剪了一刀。她穿着一双白色的运动袜，很短，好像耐克的标志，有钩的那种，可是运动装有钩的多了去了，很难分辨。鞋分明是一双运动鞋，看来这女孩子喜欢运动装。

她们边吃边说话，一刻也不闲着，好像她们来这里不是为了吃饭，而是为了更尽兴地交谈，我看不出她们之间的关系，既不像母女（大的很胖，小的都很瘦，她们没有相像的地方），也不是同龄，很难确定她们是什么关系。她们很快就吃完了，嘻嘻哈哈地走掉。直到她们走掉，我也没猜出她们的关系。

她们坐的地方空了下来，这时候人逐渐地少了。椅子重新被侍者摆放得整整齐齐，桌子上放着一式的醋瓶、辣椒油罐、牙签盒，它们像兄弟一样紧紧地挨着，一个比一个矮下去。椅子背上，李先生木刻似的头像咧着嘴冲我们笑着，笑得分明地和善，不甚分明的图像上像有一把山羊胡子，分明是一个传统的中国人，在冲着我们微笑。

我在想，是不是在哪里见过这个李先生呢？

老派人物

这一定是个老派人物，他迎面向你走来，你不知道他来自哪个朝代，望着他你甚至有一种隔世之感。

他戴着看上去有些古怪的、圆圆的镜框和镜片的眼镜，镜框仿佛是木质的，那是只有在老电影中才能看到的眼镜，它时髦在三四十年代。头上戴着一顶旧且过时的礼帽，身上穿的是一种呢子料的短大衣（现在哪还有人穿呢子呢），式样也很老旧，一只袖口的纽襻倔强地撑开着，显然是扣子掉了。下身穿的是黑色的土布裤子，裤脚针线细密，是那种手针缝的。只有鞋子还离我们近一些，是那种平底布鞋，鞋面上有些肮脏的斑点。

他拄着拐棍，在市场里慢慢穿行，面部表情严峻，走路一板一眼，所有的喧嚣都让位于他。也许每个时代都有这样逆势而动的人物，他们使时间在某一时刻停留，这只是意味着他们自己把生活的脚步放慢，慢到自己满意的程度。

悠然自得，不事张扬，不为潮流所动，这样的派头才称得上老派人物。是的，是这样，我们说的老派人物，不仅仅是一种穿着打扮，它更是一种气度。

走神

草从我的面前升起来。突然的感觉,我一抬头就看到这样的景象。草是从我面前升起来的吗?

我在走神,我其实眼前呈现的是我刚才在江边的情景,而我现在在早晨的菜市场。

我的妻子蹲在地下挑土豆,土豆上沾满了泥土,它们大小不一,这就是我妻子要挑选的动机和理由。

我则盯视着土豆旁边的一大堆螃蟹,它们都在编织袋里蠕动着,试图要爬出来。我喜欢它们身上散发出的腥气,我甚至像狗一样贪婪地耸起鼻子嗅着。

"阳光啊阳光,多么灿烂,春天啊春天,来到草原……",卖唱碟的那个人很年轻,他用最大声量放着这首歌,脚轻轻打着节拍,他虽然为这个歌陶醉,却一定不知道这首歌的来历。

我知道,这是电影《草原英雄小姐妹》的插曲。

这么简单的歌词,却让我心潮涌动,思绪翩翩。听着这熟悉的歌声,我眼前出现的不是草原,而是我们那个铁路小学的宣传队的教室,那两个扎着羊角辫、跳着蒙古族舞蹈的我的同学,是那个与之相关的那个时代。我还依稀听到用口琴吹奏的《莫斯科郊外的晚上》《山楂树》,我还想到了集体户的苦闷青春,无边的青纱帐。

我知道,这支歌勾起了我对往昔的怀念,是那些逝去了的生活,让我怦然心动。我是不是真的老了?

我在想,什么样的生活是理想的生活?能够舒舒服服地看书,能够无忧无虑地写作。还有,就是偶尔见见朋友,喝点小酒。对于我,就是这样简单。现在,连这样简单的要求其实也是做不到了,身体有病之后,妻子和朋友都开始善意地限制,就剩下看书、写作、会朋友了。

妻子的土豆总算挑好了,一共有十几个,我不知道十几个土豆她为什么花那么长时间?在我看来,土豆的大小和好不好吃有什么关系呢?

早晨记事

我在江边的石凳上看书,是玛格丽特·杜拉斯的《平静的生活》。很诗意的文本,我从一周以前开始看,每次都把它带在身边,看着这《平静的生活》的不平静。那天去书店,看到杜拉斯的书,一共五本,全买了。结果有两本是剧本,我不喜欢剧本。是杜拉斯的,剧本就剧本吧,闲时也可看看,谁让她语言那么好了。

早晨的阳光照在我的背上,暖烘烘的,风也很凉爽。

昨夜的酒还使大脑有些昏沉,书中的内容好像也有些昏沉:河边,游泳,暧昧的人物关系,主人公和情敌露丝的较量,在那个美好的九月,在那令人慵懒疲倦的下午,在河畔。

我沉醉其中。

读好作品真的是一种享受,一种语言的刺激和诱导,一种逼迫。

我常常要情不自禁地逼迫自己拔出来,我太容易进入别人规定的情节了,这个前提是借助语言,借助情绪,借助我的想象。

我头一次感觉,读书也需要环境。

不断有人从我身边走过或者跑过。他们在不断地提醒我关注现实的生活。我不得不时而从书中走出来，望望风景：江水在我身边平静地流淌，远处的大桥新换了栏杆，白色的栏杆很显眼，和那敦厚的古老的桥墩一点也不般配。生活就是这样，本来是想协调的，把旧的换掉，可是又产生了新的不协调，能把桥墩也换一换么？也许那是迟早的事情，不劳我去担忧。

我的目光穿过眼前的花坛，看见妻子和他们合唱团的人在远处练习唱歌，我听不见他们发出的声音，只能看见他们手里拿着歌篇，认真而庄严的表情。

开始，她唱歌的时候，我对妻子说，你不要过于认真，这就是消磨自己的时间。妻子起初还听我的，可是现在不听了。这不，一大早的，把我也拉上陪她练歌。妻子还试图让我也加入他们的合唱团。我说，我这个人散漫，单位都不爱去，还去合唱？她大概也觉得我是一个不太好管理的人，去了容易给她难堪，就不再劝。

妻子练完了，我的书还没看上几页：主人公暂时赢了那场较量，露丝的泳衣、裸露的大腿都没管用，美好的感情占了上风，好像一个老套的故事。但我知道，杜拉斯绝不会讲一个老套的故事的，她接着说什么？

可是，妻子练完了，我只好合上书，合上那个恼人的故事，站起来。

和妻子往家走，妻子还没有从唱歌中拔出来，她唱道：从小爷爷对我说，吃水不忘挖井人，曾经苦难才明白，没有共产党哪有新中国。……

我同样也没有从书中拔出来，我想接着窥见他们"平静的生活"：她们接下去会怎样呢？那个弗朗苏，那个蒂耶纳，那个露丝，他们的纠葛会怎样结束呢？

鸡毛蒜皮的小事

一

1.早晨关注那个老鼠,它最近没有动静,不知它在做什么。我依然认为它还是比较君子的,除了偶尔啃啃黄瓜,它从来不咬别的东西。我觉得奇怪,它是啮齿动物,据说许多时候它咬东西并不是为了吃,而是为了磨牙。上班的时候,从甬道上走,碰到一只猫,冲我喵地一声,好像对我不满,我有点像阿Q(那赵家的狗何以看了我一眼),这个猫,它是不是知道我以鼠为邻?

2.前天去林区,在沟堂子里从这头走到那头,看见了许多看参人。与之交谈,都很和蔼。问,这里有蛇吗?女的快嘴快舌,有,老多了。经常在我们门口那儿晒太阳。我问,那你们怎么办啊?男的说,一般都是我出去把它们挑走了。也不咬人。女的说,我就是害怕,其实蛇挺好的,这里原来是个蛇窝,我们是占了人家的地盘。女的说着还笑了笑,好像有些不好意思。我想到了我们家的鼠,好像不是一回事,老鼠好像没有蛇可爱。

3.在菜地的转角处种了棵角瓜（学名应该叫西葫芦吧），长了硕大的叶，路过时擦着脚面，总是刷拉刷拉的。有一天，我揭开那硕大的叶子，发现不知什么时候它悄悄结了一个瓜。很羞涩的样子，黄瓜纽那么大，躲在叶子下面。上网学习了一下才知道，这东西是靠昆虫授粉的，单株很难坐果。于是，更加珍爱，每天掀起叶子看看，总像有点心事儿。昨天一看，糟了，那瓜不知道为什么枯萎了，就是所说的"化了"。是我看的吗？它躲在那里大概是不希望被打搅的。

4.道旁，一棵植物迅速崛起。我和妻子看看叶片，谁都不认识，肯定不是自己种的，那是哪儿来的呢？妻子说，小鸟带来的吧？我们的院子里总落下一些叽叽喳喳的小鸟，天热的时候，妻子总要一厢情愿地认为小鸟是渴了，就弄一碟子水放在台阶上。也许是小鸟带来的，我想。那植物迅速长大，比它旁边我们精心侍弄的黄瓜、柿子什么的都茁壮、高大，我发现，凡是自己细心经营的东西，都长不过没人管的东西。这东西也是，长了很高。后来我们发现，它居然在自己的四周鼓出了精致的花苞，开出了大朵大朵的红花。我至今叫不出它的名字，不知它从何而来，我们也没有伺候，它却对我们这样热烈。

5.我不怎么会管理葡萄，春天的时候我不愿意为它掐蔓儿，我其实是喜欢它自由生长，茂盛葳蕤的样子。我盼望着它们在我的院子里铺出一地阴凉。很快我发现了我的错误，那些结的很饱满的葡萄，一点点地萎缩了，它们竟至于化为乌有，这让我感觉很糟。我想，我其实是应该对它们的成长负责任的，任何放纵都是一样，带来的都是很糟糕的后果。我由此又联想到那只老鼠，它是不是已经搬走了？为什么一点动静都没有呢？是不是这几天连续的大雨对它的生活造成了影响？我问了妻子，她说，是没有看见，黄瓜也没见新的伤口。

二

1. 在江边，看见几个垃圾桶被扔在江里，觉得莫名其妙。那些被做成木桩形状的垃圾桶，那些应该说是很艺术的垃圾桶，它得罪什么人了呢？那些力大无比的人为什么要把它扔到江里呢？

2. 远远地，看见江里停着一条船，一大早就有人在船上走动，看上去他们整夜可能都在船上。细看，那是一条勘测船，竖着高高的井架，周围有许多浮标。不用猜就知道，不久的将来，这里将有一座新桥崛起，是应该高兴吧？生活每天都在日新月异。

3. 路过早市，嘈杂，散发出一些奇异的味道。我的鼻子本身并不好，味道依然很明显。最显著的味道是，香瓜。香瓜的味道太明显了，它让我想起自己的小时候，偷偷地匍匐在地里，偷偷地前行，偷偷地摁着瓜屁股，一定要软的，然后把瓜揪下来，偷偷地藏在怀里。看瓜人的灯在远处亮着，他可能知道，也可能不知道。

4. 市场里还有许多明显的味道，比如榴莲，这种味道强烈的水果尽管被称作水果之王，我吃过一次就发誓永远不吃。我喜欢熟食发出的味道，但妻子从来就不会在早市上给我买，那些鸡鸭，那些猪头肉，那些……妻子总是对这些小商贩不放心，她总是能够联想起地沟油什么的。鱼的气味也是强烈的，鱼是我们全家都不喜欢吃的东西，可是妻子买了一条鱼。她说，怪不怪呢，我现在特别想吃鱼了。我说，想吃就买，想了，就是你体内缺了。这可能是荒唐的理论，但我的想法是，根本不用找理由，对于我们今天的生活，既然想了，为什么不呢？

5. 碰到一个老邻居，很早的邻居。妻子说，是不是啊？我说是。妻子过去叫住他们，果然是。我们在一起说一会儿话，都是很遥远的事情。火炕楼，二楼，很大的平台，在走廊上做饭，大声说话，骂人。过去的事情了。妻子问起他们的孩子，他们立刻就显出很自豪的样子，说已经有了孙子，在长春。有孙子又有什么意思呢？孩子明显是很少回家，他们还住在那栋老房子里，火炕楼，现在哪还有火炕楼了？

6. 又碰到一个熟悉的人，当初看护老丈母娘的。我其实一点印象都没有，是妻子认出来的，过去热热地喊人家：孙姨。那个人愣了一下，然后说，我姓张。妻子有些不好意思，说，哦，张姨，瞧我这记性，你还记得我吗？你看过我妈的。张姨立刻想起来了，说，是的。你妈还好吗？妻子说，过世了。张姨哦了一下。又说了一些别的，就散了。我记起，张姨是被我们家人给撵走的。当然，这都是过去的事情了。

我与奇石

朱乃华先生是个多才多艺的摄影家,他温文尔雅。多年前我第一次上他家串门,就被他家的一屋子奇石震住了——我不知道世界上还有这么美丽的石头。

自此,我爱上了奇石的收藏。

我开始和朱老师一起上山下河。那些年,松花江边上的石头多极了,我们背着水(那时好像还没有矿泉水),沿着绵延的松花江一路走着捡着。不一会儿,我就捡了好大一堆,请朱老师过来鉴定,朱老师熟知刚刚捡石头的人的心理,就先夸我,说我入道快,然后拿起一块块石头来分析,这个有什么缺点,那个有什么毛病,结果是很大的一堆石头,真正有意思的没几个。随着我对奇石的认识和了解,我逐渐发现,即使是那些当初留下的,也很少是真正的奇石,只是那时候朱老师不想打击我罢了。我们家乡磐石市有一个姑子山(好像是这么个名字),山上有一种很奇特的石头,有很多孔洞,造型也不错,就又迷上了那种石头。那一阵子有公家给配的车,条件方便,就开始往磐石跑。差不多每周都带上朱老师和几个石友,起早去,上午采石,中午往回返,半道上吃点饭，品评一下各自的石头，回来再冲刷一下，虽然累得够呛，心里满是喜悦。

后来，随着视野的扩大，就开始买石头。只要出差到一个城市，就一定要去找一找卖石头的地方，于是就从各地背回来许多石头，也就拥有了全国各地的石头：戈壁石、彩陶石、大化石、乌江石、巴西玛瑙、新疆石等等。屋子里也和朱老师一样，成了石头的天下。各地石种的收藏，使我对奇石有了更加进一步的了解。同时，也买了许多介绍奇石的书籍，从知识上充实自己，凡是我们当地书店有的，一律买下。

及至接触松花石，才觉得与石头有了真正的缘分。

2005年，我到北京去看儿子，闲时到潘家园去逛，第一次看到了松花石。那是一块翠绿温润、磨盘大小的松花石，漂亮极了，一问居然是自己家乡的石头。此前虽也知道松花石，却以为就是制砚的石料，不知道还有松花石奇石。回来后虽然一直惦记着，却因工作缠身无法成行。后来有石友从产地进了一批松花石毛料，我从他手里购买了几块，还不满足，就开始亲自去产地，到石农家里购买，买到了许多珍品。

奇石的爱好和收藏，丰富了我的业余生活，我每天不管多晚回来，都要走进我的"千石斋"，望望那些石头，看着它们安静地坐在各自的位置上，我走过去摸摸它们，感觉到它们的体温，它们常常使我的心立刻宁静下来，忘却了城市的喧嚣和浮躁。

它们有时候还能给我以灵感，那时候我就会立刻打开电脑，写我的文章。

"贴声"

记者节就要到了,别人感受不到。我却能时时感到忙碌,因为要表彰,要排节目,我是记协秘书长。所有的人都开玩笑地说,我们是给你干活呢。我心里说,我是给谁干活呢?

大家都愿意被表彰,都不愿意排节目。我更不愿意。因为节目的内容(比如诗朗诵或者串联词)是要我写的,年年都写,还不能重复,即使是李白、郭沫若也恐怕受不了。朗诵诗其实是很难写的,又要达意,又要上口。我平常讽刺我们这里的一个专门写诗朗诵的诗人,现在看来他也挺不容易。

昨天又突然被领导指派,让我领诵,谁让你是秘书长了,谁让这稿子是你写的了,谁让……总之领导也是一大堆理由,领导劝你其实不是劝,是命令。五十多岁年龄的人,和一大堆嘻嘻哈哈的年轻人,去录音棚,说是去"贴声",我这才知道假唱、假朗诵是怎么盛行的了。

这个工作室在一个小区里的二楼,估计来这里的都是熟人,要不咋会找到这里?录音棚其实很简陋,进屋要脱鞋,估计是为了录音需要,我们进去的时候拖鞋不够了,新拿出几双拖鞋;我们走的时候,一地拖鞋，横七竖八。录音进行得很顺利，大家底气十足地念了那些男合女合众合的，剩下四个领诵的精雕细刻。我虽是领诵，因平卷舌不分而找人代替，代替我的晚报的张亚燕感冒了，很严重的，我看他一边朗诵一边擦鼻涕，痛苦万状，就悄悄地安慰了他几句没用的话——人家毕竟是替咱遭罪啊！

我上台就只需要表演了。导演是晚报的赵总，她吩咐我说，分给我的角色是摄影记者，最能体现摄影记者特征的就是马甲、相机。小赵说，相机要长镜头的，要多长有多长。简单说，就是弄一个镜头最长的相机。我这身材，要最长的相机？估计也是为了夸张，要效果。做了快三十年的记者，就是没当过摄影记者，这回要在舞台上过足瘾。

还到一边去配唱，没成。老师辅导半天，终是没过关，我也认为不能这么快就学会一首歌，那得多高的天分？其实大家来之前是没有被告知还要唱歌的，心里一百个不乐意，恨不得立刻走。只是吃了盒饭，都不好意思走，后来听说不用唱了，鸟儿一样地高兴，呼啦一下散去。我那边还有局，我自己定的，他们都急坏了。出了门，打开手机，告诉他们"马上到"，因为我说好几次"马上"了，整得他们都不信，这回我说我已经坐在"马上"了。

没做过这样的假唱假演，回家问妻子（妻子经常演出，有经验）：要不要开话筒？妻子说，不用，你就拿着话筒比划就行，但要像真的一样。

做假要像真的一样，这不是更痛苦吗？嗨，真是的。

一条不开发票的鱼

最近不知怎么了,我经常被朋友拉去写各种文学之外的东西,比如朗诵诗,比如讲演稿,比如经验材料,比如结婚讲话,比如竞聘发言,等等等等,求我的人都是实在的朋友,有的还是朋友替朋友求我,真无法拒绝。

许多人是不讲道理的,他们从来不认为写这些东西是一种高级劳动,他们宁可去花钱给劣等书画家去求书画,也绝不会花钱给你。他们普遍认为对于一个作家,这是易如反掌的事情。在这里我要替码字的文友们说句话,我们这绝对是高级劳动,你随便找个人试试,让他写朗诵诗、讲演稿,恐怕累死他他也整不出来。遇到这种事情我一直想推托,却从来说不出口,只要有求于我,总是要硬着头皮应承。而我写这类东西从来不糊弄(我一直认为这是我的门面),结果就要比别人付出更大的辛苦。

我的一位写诗的朋友碰到这种情况,一律收费——我不知道他如何开口,如何提到钱,反正我是开不了口。

那么就剩喝酒这条道了。人家认为找几个你熟悉的人,和你喝顿酒，皆大欢喜。这就是给你面子了，我也就不得不去赴宴了。

请客的人把几个很勉强的人凑到一起。一问，我们居然两年多没见面了，他们有点不好意思。我说没事，大家都忙。一唠，许多事情都对不上号了。问一广告商，你的店还在那儿吗？那人哈哈着说，郝哥，咱们看来真是很长时间没联系了，那店早就搬了。又唠到一个开饭店的，说这个人早升官了。他们说，这个人可是神通广大，突然就进了机关，据说还在某个开发区当副主任。了得。又据说她把所有的饭店都租了出去，收租子就够了。她男人呢？包工程去了。呵呵，能包工程谁还开饭店啊？——也没什么秘密可言，就因为她是个女的，而且还是美女。这年头人们当然知道美女的能量，就有人慨叹，说下辈子当女人好了。有人接茬，还得是美女。

鱼是胖头鱼，在池子里浪漫地游着，都挺大，最小的也要八九斤。服务员说，开发票一斤多少钱多少钱，不开发票的一斤多少钱多少钱。我在旁边和别人说话，没听清。总之就是不开发票的便宜。过去我知道饭店自己带酒不给开发票，现在看来为了逃税啥招都有使，这鱼还涉及发票了。我那朋友痛快地说，当然要不开发票的鱼了。

这条不开发票的鱼也太大了，我看着像蟒蛇，一想到蟒蛇我心里就害怕，不知道为什么偏要这么大的鱼。鱼头在锅里炖着，我看它是死不瞑目的样子，就替它难过。心下暗想，鱼这种东西没招谁惹谁，但是所有的人都认为人吃鱼是天经地义。我如果在这里说什么"鱼权"（参照"人权"生造的词）啥的，指定是要挨骂。我只是觉得，鱼作为一种生物，谁规定它就非得让人类吃的呢？说起来，鱼主要是少有反抗能力，看来鱼应该是被定为"弱势群体"的。那么鲨鱼吃人呢？是不是也可以理解为天经地义呢？这好像就不好办了，因为一切道理都是人制定的。人类这些家伙，谁能斗得过他们呢？还不是想咋着就咋着，想吃谁就吃谁。

话说远了。眼前的问题是，我们四个人要对付一瓶酒和一条九斤多的鱼，尽管这鱼便宜，可是我们为什么要这么大一条鱼呢？四个人喝了两个多小时，锅里的鱼肉还有那么些，我看着已经发腻，我说算了，再喝一瓶酒我们也无法吃不下去。我看有的朋友已经无心再吃，他开始把菜往锅里扔，我问他为什么？他说反正吃不了，都扔里头吧。

　　请客的朋友看看我，我看出他的意思，说结账吧。

　　服务员走过来提醒我们：你们吃的鱼是不开发票的鱼。

　　请客的朋友说，知道。

　　临走的时候我在想，如果我提出打包会怎样？店家逃税了，我们这半锅鱼岂不是白白浪费？那可是直径很大的锅啊。

第三辑

与行走和亲情有关

在列车连接处

　　一切都是意外发现的。半夜,你上完厕所出来,对面那明晃晃的镜子吸引了你,你对着镜子照了照,发现自己很衰老,特别是在夜晚的时候。你同时发现镜子下面有很多的水龙头,至少是三个。这时候的水龙头静默着,显得有点多。你想象它们早晨和傍晚的时候应该是忙碌的。这时候,它们紧闭着嘴巴。让你觉得好笑的是,每个水龙头旁边都拴着一个蓝色的塑料塞,仿佛是主人牵着的一条狗。水龙头上面无一例外的有一个黑色的禁止浪费水的标志。

　　在这静无一人的空间里,在列车的行驶中,你忽然产生了一种窥探和打量的欲望,像一个小偷,像一个非法的介入者,对隐私和隐秘怀有一种天真的好奇。

　　瞧瞧,你发现了什么意想不到的东西?

　　镜子的左上角有一个插花(这你过去从未发现,要么就是新的设置),竹编的篮子里探出热热闹闹的向日葵。那显然是假的,这不用你说,谁都能看得出来。你想说的是,在镜子的右下方,居然有一个装满了洗手液的装置,蓝色的,很讨人喜欢的颜色,和我们常见的化妆品的颜色很相似（它为什么要设计成这样的颜色呢？）。你好奇地摁了一下，流出滑腻腻的液体，你感到今夜自己有些滑稽。

让你赞叹的是，如此狭小的空间，居然设计得这样可人和巧妙：靠近车厢门供应热水的地方，一点也不浪费，它的上方是一张《旅客列车简明时刻表》，中间那红色的铁路徽你从小就熟悉，表格上也全是你熟悉的地名，看上去倍感亲切：大连、哈尔滨、佳木斯、齐齐哈尔、满洲里，还有北京、上海、天津、济南、青岛、烟台、成都、西安、太原、石家庄、武昌、郑州、丹东、深圳等，都是到你熟悉的这些地方去的火车时刻表，都是写着上行下行的，你从来就看不明白。

一个穿深蓝色制服的女列车员匆匆走过，她轻轻摁了一下车厢连接处的一个摁钮，门自动缓缓打开，又缓缓关上，梦幻似的。不一会儿，列车员返回（抑或是她根本没有走远），关切地问你还没休息？你也看出，她实际上对你充满了怀疑，半夜三更的，这个人守在厕所这儿干什么呢？

你自己也感到有些不好意思，有些滑稽可笑，遂走回车厢，迎接你的是一片鼾声。

行进着的早晨

1

分明已经是早晨了,远天一抹红霞,阳光映照着刚刚醒来的一切,笼罩在庄稼上的雾霭,牛乳似的,湿漉漉的化不开。而车窗的另一面,远天则是淡青色的,朦朦胧胧。

列车正在迅速通过一个车站,成排的吊车亮着灯,在早晨渐渐明亮的光线里显得扎眼,铁轨宽阔地铺开去,伸向很远,偶尔看见一节半节的车厢或者孤独的车头停在那里。对面开过一列货车,忽高忽低的车厢里封闭得严严实实的,不知装了什么。过去不是这样,过去什么都能看得见,煤炭就是煤炭,木材就是木材。

有人从卧铺上早早下来,和我一样,坐在边凳上看风景,风景和风景在每个人的眼睛里是不一样的。你如果心里有风景,则到处是风景;你如果心里无风景,即便风景在你眼前也不是风景了。

2

庄稼形成的慢坡以温柔的曲线伸向远处，一直伸到有树的地方。秋天显得天高地阔，它大度而公正地昭告着：一切都已经揭晓，胜负已定，简单明了，收获就是收获，绿色早已向黄色投降，这是没办法的事儿。当然，你也知道，这是经历了几个季节暗暗搏杀的结果。植物必然要在这个季节表现成熟，这个季节是属于它们的。高压线塔孤独地立在那儿，很不高兴，它无法参与其中。路旁开着一些粉色和白色的花儿，败势已定，明明是早已过了季节，为什么还死死地撑着呢？

3

在列车上每个人的习惯都会被限制或者瞬间改变，那个男孩本来可以跑步，可是他只是做了几下跑步的动作，就停了下来，他发现很不对头，很多的人看着他，他有些不好意思，只好拿着牙刷刷牙去了。我对坐的那个中年男人坐在窗前发呆，也许这个早晨他可以出去走走，比如手里牵着一条狗，边走边哼哼着歌曲，可现在他只能一会儿望望窗外，一会儿翻翻自己的衣兜，一会儿又摸摸自己的头发，再就是掐着下巴偷望着我，想对面这个老男人为什么低着头不断在手机上瞎写什么，他是在谈恋爱吗？

坐在我后面的那个女人不断地打着哈欠，她刚才还和对面的男人唠打麻将的事儿，这会儿她望着窗外说，到公主岭了。好像公主岭和她有关系似的，其实当然是没关系。因为她已经和她的男人唠起利比亚、卡扎菲和反对党的事情了。他们不断地争论，各有各的观点，谁也说不服谁，反正现在的夫妻关系大体都这样。睡在下铺的那个胖子总算是醒来了,他对自己的呼噜给全车厢的人造成的痛苦全然不知,现在他拽起被子一角擦拭着刚刚打开的手机,他若无其事,不断地喝着矿泉水,喉咙口发出咚咚的声音,怪不得他会发出那么大的呼噜声。他的母亲——那个一只眼蒙着药布的女人也坐起来了,他关切地问他母亲睡好没有,他母亲强打起精神说挺好,她是知道儿子昨晚的呼噜的,她当然不能责怪自己的儿子,但她还是感到羞愧和歉意——那样年龄的人,是知道一些羞愧和歉意的。其实和她又有什么关系呢?她拽着儿子拿上东西,早早向车厢门口走去,她能做什么呢,她只能做到这些。

其实,到站还早呢。

在旅途

1

三点多钟起来,站在车门处向外望去,黎明前的树木黑黢黢地在田野上立着,好像成排的士兵在随着列车行走。高压线塔则守护神般地一动不动,高大,威武,挺拔。

远处只有隐隐约约零星的灯光,大地似乎还在沉睡,这永恒的亘古不变的宽厚的大地!河流、山川、草木、庄稼,世间的万物都依附于它之上,尽情地在它的头上作威作福,为所欲为,它则视而不见,就像长辈对待儿孙。

不知为什么,我坐火车经常半夜起来。每次起来的时候,我都要去列车的连接处站一站,看一看。夜是寂静的,一切都已睡着,只有列车这个庞然大物在铿锵行走。

第一次起来时,正是深夜,外面不甚清晰,车厢连接处的灯光太亮了,反而看不清外面的景色。站了一会儿,很无趣,遂走回车厢。卧铺排列有序,都是一个样子,竟找不着铺位。车厢两头的灯光微弱地照进来，有鼾声和偶尔的咳嗽声，触了一个人的脚，不知是男是女，那人动了动，翻身睡去。再找，看到了自己的空铺位。

快四点了，外面的颜色渐渐地浓了，雾霭不知什么时候起了，树木、庄稼一律精神起来，它们挺直腰杆迎接晨曦。

一个男人走过来，他满身烟味，睡眼惺忪地打着哈欠。看来他是来这里抽烟。我不喜欢吸烟，当然也不愿意和这个烟鬼为伍。

路过乘务员室望一眼，里面是空空的，乘务员并不在，灯光却明亮着。一顶大盖帽好像乘务员本人一样，稳稳地坐在座椅上。

2

乘务员是个男的，他不断地咳嗽、打喷嚏、擤鼻涕，我想，他是感冒了。

这个季节好像不容易感冒，大夏天的，怎么会感冒呢？

他站在车门口，仿佛车马上要开的样子，其实车刚刚进站，只是没有乘客下车。站台上有许多水洼，显然是刚刚下过雨，工作人员在用扫帚清扫站台上的积水，发出很响亮的声音。

对面也停着一列火车，列车员站在车下，毕恭毕敬的，像军人一样；而我们的列车员叉着腿站在车上，也像军人一样。

他偶尔回过头来，回答某个乘客的询问。

乘客问，为什么不让下车？

他说，马上要开了。

乘客问，晚点了吗？

他点了点头说，是的，晚点了。

问话的人竟有些沮丧，又有些忧虑地走掉了。不知他为什么忧虑，是因为这场刚刚下过的大雨，还是因为列车晚点？

车开动了，乘务员锁上门，又咳嗽起来，他边咳嗽边往车厢里面走，不知道他要去干什么。

去天安门广场

很久没有去天安门广场了。以前来北京,几乎每次都去。去的次数多了,也就有些淡然了。

这次来北京,安排的不是很紧张。早晨起来,忽然想去天安门广场看看升旗。我过去只是在电视里看过升旗仪式,那激昂高亢的国歌,那英姿飒爽的卫兵,那万头攒动的时刻……都令我迷醉。

早晨四点多钟,我悄悄从住宿的饭店走出,一切还沉浸在夜色里。

附近那家小吃店的伙计在外面的案板上包包子,明亮的灯光从饭店里射出,身穿白大褂、头发蓬松的小伙计在面板前忙碌,手脚伶俐、动作娴熟。

一对从车站方向走过来的男女,男的拉着箱包,箱包的轮子在黎明中发出沙沙的声响。女的大声地说,到家了。说得很抒情。

出租车盲目地转来转去,没有什么乘客,连火车站这白天的喧嚣之所,也静得像散场后的剧院,简直让人不敢相信。

我既不知道升旗仪式的时间,也不知道去天安门广场的方向。在北京,我习惯用地铁去寻找我要去的地方,可是地铁这时候还没有开。我问一个路边的闲坐之人，去天安门如何走，那人很确切地指了个方向，我遂按他所指的方向走。走一程，莫名地觉得不对，再打听，果然是不对，竟是南辕北辙，始知上当。不知道那个人是何心理，是根本就不知道，还是故意捉弄人呢？

我调整方向，又走了一程，心思在走着去还是打车去的犹豫中徘徊（那对老年夫妇告诉我说，不远，就两站地，他们也不知道升旗时间，好像北京人都不怎么关心升旗的事儿）。看看时间，已近五点，终于还是决定打车去，上车了问司机，能赶得上看升旗仪式吗？司机十分自信地说，能。行不多远，在我感觉也就是起车不久，司机冲着窗外说，升旗结束了。我这才知道，已经到了长安街了。远远望去，果然见五星红旗已经在天安门广场上空高高飘扬。

既然升旗已经结束，那么看什么呢？去看看前门吧。

天安门广场上已是人来人往，不断有人过来问，去不去长城？照不照相？我均是摇头不理。

路过毛主席纪念堂，许多人排起了长队，有工作人员在组织，时间太早了吧，好像要八点以后才允许进去参观呢。

走到高大的前门之下，忽见成百上千的燕子在那里翻飞，仰头望去，晨曦中厚重的前门忽然变得飘渺起来，不知今是何夕，那自顾自飞翔的燕子竟不知是来自哪个朝代。

唯美杭州

杭州城真是美啊，美得无可挑剔，美得让人简直不知道说什么好了——它让人心荡起涟漪，一漾一漾的，就是毛主席说过的"心潮逐浪高"的那种。

西湖我就不说了，说了也是枉然，世上从古到今有那多少文人写西湖，数都数不清。若说好，若说最有名的名句，那还是东坡老先生的那句家喻户晓的诗句："欲把西湖比西子，淡妆浓抹总相宜"。

西湖当然是常写常新，总有人变换角度，清晨傍晚，春夏秋冬，风霜雨雪，谁也无法穷尽西湖的美。

所以我们就不要劳神费力地攀比了，何况杭州还有那么多新的景致，比如恍若隔世的南宋街，比如让你如梦如痴的西溪湿地。雷峰塔就不要去了，倒掉的其实就让它倒掉好了，用那么现代化的电梯载客，想想就有些荒唐。大运河也不要去了，在高楼大厦之间，运河的气韵早已消弭，只有驳船还摆动着旧日的时光。

让我们还是去步行街那些南宋的小楼里漫步吧，听吴语呢哝，听管弦悠扬，看长灯曳地，看人影憧憧。不时还有梆子声传来，一个古代更夫打扮的人边走边喊:"小心火烛!",让你不知今是何夕。

你还可以到西溪湿地走走,穿行在那迷人的芦苇荡里,跳上无人的小船,没有船桨,也无缆绳,任它晃动。这时,天上下起小雨,微雨如烟,似有若无。你挽着妻子的胳膊,打一把新买的天堂伞,漫步,漫步,到处都是极美的景色,那真是铺天盖地、惊心动魄的美丽:那些仿佛只在梦中见过、漫无边际的水边的艳丽植物;那些你大多叫不出名字的、兀自飞翔的绮丽水鸟。只有那些芦花你认识,它们张张扬扬,飘飘逸逸,像自由的旗帜弥漫在你的面前,你甚至听不见妻子的喊声,忘记了该在哪里拍照。

只好放任着脚步,一味地往芦苇深处去,往芦苇深处去,竟不知返。

醒来的疼痛

一出远门就感觉到所有的疼痛都醒来了：腰疼，腿疼，耳朵疼，该疼的地方都疼起来了。

看来我是不应该休息的，它们是在欺负我。我不休息的时候，它们都一声不吭，老老实实的。我一出来玩，它们就开始折腾我。

泡了两天海水澡，耳朵疼奇怪地好了。看来，海水是好东西。

腰腿疼时好时坏。我这人过去从不进庙，也不烧香磕头。这次学乖了，都说三亚的南山寺佛特别灵，咱也试一试，我依然没进庙（进庙是要花钱的），就在庙外烧了几柱香，悄悄地祝福自己几句。还对新修的108米高的南海观音拜了拜，总之该做的都做了，觉得也算尽心竭力了。可是，走起路来还是没有大的起色。

疼就疼吧。身体上任何一种疾病都应该看做是自己的伴侣。它首先是你自己造成的，它附庸于你的体内，它和你朝夕相处，其实它是在时时提醒你，让你吃药，让你治疗，让你别拿自己不当回事。我一个女同学从来没病，运动员出身，忽然有一天头疼，她爱人问她怎么了，她说没事。按道理，也不该有事，平时身体棒得不得了，她爱人也就当她没事。她自己爬上炕，躺了一会就躺过去了——脑溢血。如果她要是有病，经常吃点药什么的，她爱人可能就重视了，有病是一种提示和警告。

有病还是一种幸福，有病容易被人关心，我记得小时候我淘气摔成了骨折，看着大家都小心翼翼地围着我转，心里特高兴。我那平时一脸严肃的爸爸亲自骑车驮着我去医院看病，还破例地请我吃了顿李连贵大饼，我至今难以忘怀。

有病你就可以耍赖，比如走路的时候，我就可以让妻子搀着我，我还可以想坐公共汽车就坐公共汽车，想打出租车就打出租车，否则妻子是只能让我跟着她走路的。

只有在大海面前，我忘记了疼痛，看着一波一波的巨浪涌来，光忙着在那里上蹿下跳，疼痛好像就都消失了。其实不是，它们是等我上岸之后才阴森地爬上来，提醒我它们还在，它们比我高兴之前还疯狂。

等到结束旅游，回到家里，那些疼痛好像约好了似的，都消失了。

妻子发现了这个问题，她问：你怎么一回家就什么都好了？

我也奇怪，是啊，那些疼痛好像都是一些假象，我好像一直在欺骗自己和妻子。

那么，那些疼痛跑到哪里去了呢？真是莫名其妙。

妻子的好心

妻子向来以心眼好著称，所以遇到窝火的事情特别多。这个因果关系句子可能是错的，但在妻子身上屡屡应验。

我们在深圳只呆两天，有效时间只有一整天，因为走之前就给我的朋友打了电话（咨询上香港的事情），所以就暴露了行踪，有人接站，有人安排，我就有些被动，妻子也不高兴。我于是和朋友说，头一天下午我们自己自由活动。朋友有些怕怠慢，说用不用车？我这人比较懒，就看看妻子，妻子拿眼睛瞪着我，我就明白了，说车也不用了。

下午，我们上街。在小吃街的街角那儿有一个卖水果的中年妇人，卖一种我们没有看过的水果（顺便说一嘴，海南、深圳那边水果太多样了，可惜我没口福，不敢多吃），妻子见了就要买。一问挺贵，15块钱一斤（其实不贵，后来到了机场一问，居然30块钱一斤），妻子说买两个尝尝，两个七块五。妻子没有零钱（我兜里有，但妻子事先已经跟我言明，这次活动不让我花钱，她说我一花钱就乱了），拿出一百的让人家找。那妇女见是大票有些不敢收，对着阳光看了又看，让旁边柜台里的一个女的给换钱，那个女的接过钱，也对天看了看，然后又扯了扯，说换一张吧？我妻子二话没说，就换了一张，左右兜里的都是一百的。这一张那个妇人收下了，找了一堆零钱。我妻子大致数了一下，然后就拿着那张百元票给人家讲解起来，说应该这样那样辨别假币，说得那几个人唯唯诺诺，都觉得遇上了老师。我在旁边说，她原来就是银行的。我没说假话，妻子退休前，的确是工商银行的职员。最后，我们得意洋洋地走了。

晚上的时候，我们溜达累了，在一处小吃摊前决定解决一下。妻子摸出十块钱让我去买两个土耳其肉饼（反正那上边是这么写的），我去交钱，不料收款的那人把钱递了回来，冷冰冰地说，请换一张。我莫名其妙，说咋的了？那人说，换一张。我狐疑地翻看着那张十元纸币，心想，这深圳人就是怪，咋啥都不相信呢？我从自己兜里掏出钱，买了肉饼回去。天正下着微微小雨，妻子打着伞站在一边，问我咋这么长时间，我说人家大概怀疑你那钱是假的。她说，是么？赶紧把那张十元拿过来，反复翻看着，结果发现了毛病，那张钱的纸不对，太硬，边缘也比真的小一点。妻子气够呛，说她下午没买什么东西，零钱肯定是那个卖水果的找的。

"我还认真地教她呢，结果让她给骗了。"妻子气咻咻地说。

看妻子生气，我有些后悔，这种事我不说不就得了，不就是十块钱么？女人都是小心眼，在这种事情上不如男人看得开。

妻子的心情一下子变得很坏，说这人咋这样，我去找她去。

我说算了，你找她有什么用。一，人家是流动商贩，不一定在那里了。二，人家要是诚心骗你，肯定会死不承认，你只能惹一肚子气。还有一种可能，她真的不认识，本身就是被骗的呢。

妻子最后说，嗯，有可能。妻子当然好心眼地认为，只能是最后一种可能，她把那十元钱撕碎了，扔进了雨中的垃圾箱里。

在王府井大街上

早晨起来,我才发现我们住的和平饭店附近,就是著名的那家(那桐)花园旧址,那口著名的王府井,那棵高大的百年老槐树都在酒店的门前,而恰巧我们昨晚吃饭的地方就是那家花园饭店,只是我们不知情罢了,怪不得饭店那么火,还有许多外国人。据说,当年孙中山曾来过三次,没办法,在北京一不小心就和某段历史相遇。

我走在王府井大街上,早晨的空气已经有些凉意。路过北京市百货大楼,我站了站,看见那七个敦厚的大字很漂亮,不知道是谁写的。我在想,那年代许多人都愿意找领袖题字,为什么这里不是领袖的题字呢?楼前的塑像我早就看过,是全国劳动模范、北京市百货大楼售货员张秉贵的塑像,一个优秀的售货员被这样推崇备至,估计在全世界都很少见。也许现在任何售货员都比他认真,但张秉贵只有一个,他是历史。他在那里冲着所有的过往行人微笑着,笑得很真诚。

它的对面,一个穿得干干净净的老太太坐在临街的椅子上大声说,"我热爱健康",朗诵似的。

她突然又说:"今天是要召开十六国会议吗?"那个和她一起的老

人制止了她,她咯咯怪笑起来,我这才觉得她是不正常的。

　　旁边的店里播放着蒋大为的《在那桃花盛开的地方》,北京醒来了,街上一片喧嚣,我该回去了。

进站

列车即将抵达我生活的城市了,我的心里再次莫名地涌起一种很亲切、很温暖的感觉。

外面一片秋色,草和庄稼共同枯萎,苞米一簇一簇的,高高的杨树叶子金黄,在风中飘零。大地颜色变得丰富和斑斓起来,但这只是短暂的,很快就会由肥厚饱满变得单薄,像褪去一层层的衣物。在冬天到来之前,植物为了最大限度地保存自己,落尽了所有的叶子,收紧自己,保持营养。大地很快就要变得坚硬起来,世界将会变得令人陌生,在白雪覆盖的时候,那好像是我们没有见过的一个世界。

正是早晨,太阳白亮亮地挂在天上,不知道为什么铁路旁总是有这么些破烂的房屋。车厢里放着流水一样的钢琴声,多数人已经走下卧铺,出神地望着窗外,还有人盯着手机起劲地看,有性急的人站起来纷纷从货架上取行包。

记得以前从外地回家大都是晚上,那时候车站的灯光没有这么明亮,反而显得昏黄、暗淡,然而温暖是一样的,甚至因为那暗淡更加温暖。就像看到乡下茅草房飘起的炊烟和灶间吐出的火光,要么飘忽而淡远,要么狭小而热烈,总是笼罩在你心头,久久不散。

无数次的出发和抵达,都是在这一刻温暖得一塌糊涂。在这波浪般的音乐里,好像冰雪遇到了阳光,一下子融化了,此刻无言,却是心潮澎湃。

在外地过年

在异地他乡过年这是第二次了。第一次是2005年,在北京儿子那里过年。这次是在海南三亚,儿子也从北京飞过来,全家在一个陌生的城市里团聚。

在北京那时还好,还能找到感觉,温度、景色没什么差异。三亚就不一样了,你几乎感到的是夏天,夏天过年,总觉得有些怪兮兮的。好在电视里有春节联欢晚会,外面有震耳欲聋的鞭炮,提醒你这就是过年。

给远在吉林的母亲打个电话,拜年。母亲说全家都在,就缺你了。我只好表示歉意,好在我早就和母亲请好假了。儿子接过电话,和奶奶唠了起来,隔辈人就是亲,他们唠了许久。

以往还要喝点酒,打打麻将。在这里,这种感觉好像一下子消失了,我和两个小舅子及小舅子媳妇都没这个兴趣,我们只好围在一起看电视,听外面的鞭炮声,原以为这里不会太热闹,当地人告诉我们说,热闹得很呢!也许这里本来就热闹,加上我们这些外地人,就更热闹了。奇怪的是,我今年收到的拜年短信最多,是朋友们知道我在外地过年吗?恐怕不应该,因为很少有人知道我在外面过年。

我妻子有句名言：过年就是过个赵本山。大家一直闲唠着，都等着看赵本山的小品。本山大叔终于上来了，依然受欢迎，虽然没有什么精彩之处，却依然给人满足。看完本山，大家都睡了。

初一，我和妻子早早被鞭炮声惊醒，看看大家都还在睡，我和妻子出去散步。小区内外，一片鞭炮的碎屑。走到丰兴隆大桥，天有些阴，临春河的河水很浅。这条河是和海相通着的，只有在下午涨潮时，才会汹涌。一只白鹭在浅滩试试探探地走，它好像没有寻找到什么，远处的一只好像在等待什么，一动不动。此起彼伏的鞭炮声骤然响起，在发潮的空气里有些暗哑，白鹭被鞭炮惊起，飞了起来，落在河边的树上。

旁边的买卖都没有开，看来也和北方一样，初一都是要睡早觉的。可是这此起彼伏的鞭炮能让人睡着觉吗？

三亚趣谈

1. 三亚的小偷

可能三亚聚集了来自全国的小偷，这也不奇怪，因为这里是旅游地嘛！

到了三亚，看到一个最明显的标语"坚决打击'三抢一盗'"，不知道具体内容，但是肯定和抢劫盗窃有关。可见市里对这件事情的重视。

在这里住了几天，果然感受颇深。我们租住的那个小区，据说小偷就比较多。

这天凌晨四点多，我和妻子半夜惊醒，小区保安在大喊"抓小偷"。我妻子早就等待多时，我亦兴趣盎然，两人双双穿衣下楼，果然见十几个保安意气风发，拎着长长的棒子，在楼前花坛的空地上走来走去，兴奋不已。已有一小偷被打倒在地，抱着头，状如死亡。据说，小偷一共进来四个，这个是望风的，其他三个"行动队"的都是女的，且都已跑掉，只有男小偷作出了牺牲。

我近前看了看，被抓到的男小偷穿着简陋，看上去像一个民工。小区物业经理正一边用棒子敲打着他一边循循善诱：你只要把那几个人找回来，我就把你放了。几个保安也跟着吓唬。小偷说：我叫不回来，她们都比我能耐。经理听了挺恼火，大喝一声：快去抓！都给我抓回来。几个保安闻声而动。

不一会，警车过来了，下来两个警察，手铐一扣，准备带走。这时过来一个背相机的，说是记者。这回见识了三亚同行的雷厉风行，拿起相机指挥两个警察做缚住小偷状，咔嚓咔嚓照相，又掏出本子采访，问了几句。

警车闪着警灯，无声地走了。旁边的保安自豪地说，前几天这小区还抓住一个。那个比这个能跑，还是让我们抓住了。

我想，抓住不是本事，如何防止他们进来才是根本。

2. 三亚的陋习

在三亚，我感触最深的是这里的摩托。

我不知道为什么这里有如此之多的摩托，多到让人害怕。可能海南人自己不觉得，他们骑着摩托上下班，打摩的在这里成了习惯，经常看见很漂亮的小姐在那里讲价，然后一偏腿就坐了上去，摩的扬长而去，不知道把小姐载向了何方，我妻子总是替那些女人担心。有时候，还是两个人一同坐在摩的上，有一回我要试一试，妻子说啥没让，我也就没了危险的体验。

如果你在路上走，你经常为身后过来的摩的感到害怕，那呼啸而过的声音就经常很有穿透力地使你陷入恐慌。而且讨厌的是，他们不管是不是人行道，都会滴滴一声逼你让路，呼的一声从你旁边擦身而过，让你惊骇不已。事实上，你只要在路上，就觉得是生活在恐怖之中。这不是我的担忧，我曾经在路上遇到两次交通事故，都是摩的和汽车相撞，摩的司机都是飞了出去，有一个还当场死亡，120车来了，当场就盖上了白布，等着警察来验看，妻子吓得不敢近前看。

　　还一个最大的恶习就是，海南人愿意吃槟榔。槟榔我从来没吃过，却对槟榔印象挺好，因为一首歌颂爱情的歌里唱到："高高的树上结槟榔，谁先爬上谁先尝……"，那是一首多好听的歌！都说第一次吃槟榔有中毒的感觉，会昏迷，我也就没想体验。海南人吃槟榔，是用一种树叶沾着贝壳粉把它包起来，你经常可以看到街上有很老的妇女在包槟榔，绿色的树叶，白白的贝壳粉，仔细地包裹着。好像外地人很少去吃，反而是他们自己买了去吃，经常可以看到三亚人嚼着槟榔，嚼得满嘴红艳艳的，让人看了很不舒服，而他们自己不以为然。最闹心的是，他们总是随口一吐，吐得满大街都是。我和妻子对他们这种恶习都很反感，这比随地吐痰还让人恶心。因为它带有颜色的。

　　（注：笔者是2009年底到2010年上半年期间在三亚居住，随着时间的推移，有些状况可能已经消失，以上趣谈仅为借鉴）

看电影

儿子和侄女四天出去旅游,我集中在家看朋友推荐的电影,都是今年奥斯卡外语片提名入围的片子,它们是《伤心的奶水》《白丝带》《预言者》《谜一样的眼睛》《战时冬天》《在世界转角遇到爱》。

说实话,这样疯狂地连续看电影,在我还是第一回。

我越来越觉得电影这东西如果不知道背景是很难受的,比如《伤心的奶水》和《白丝带》,我看完了也不知道它要表现什么,甚至有些看不下去,它们都过于沉闷。《预言者》倒是一看就明白,不过不知道它为什么要起这么一个名字,它的内容很简单,就是一个普通的青年入狱,在那些黑帮的裹挟下也变成了地道的黑帮。虽然题材并不新鲜,但是情节紧张,两个多小时,让人看了不腻。《谜一样的眼睛》,许多情节出人意料,在刻画人物和揭示人性上有出人意料的表现,特别是被杀女人的丈夫,其阴险的报复行为简直让人叹为观止,许多场景具有强大的冲击力。

我比较推崇以下两部片子:

《战时冬天》是以二战为背景的,它以灰蓝色调为主调,大量的雪景，画面干净，清纯，并不直接表现战争。我比较喜欢这类片子，它实际上是讲述了一个孩子在战争状态下的心理成长历程。这里面有一个比较突出的人物，是孩子的亲舅舅——被孩子称做"本叔叔"，影片里不是单纯把他塑造成一个坏人，而是真实地把他表现为一个双面人物。我喜欢影片中孩子不断成熟的表现场景，面对倒地受伤的马，他本欲杀掉它，帮助马解除痛苦，最终却下不了手；那个英国飞行员开枪的时候，镜头的表现很令人满意，背对着观众的孩子浑身一震；而影片的最后，面对"本叔叔"，孩子再次举起了手枪，虽然也有些微犹豫和反复，枪还是响了。舅舅（本叔叔）惊讶和不甘心的表情，让我们看出他最后也不相信是亲外甥向他开的枪。

我最喜欢的是《在世界转角遇到爱》，这部影片明丽，色调极富感染力。这部片子的故事并不复杂，讲的是一位老人的女儿、女婿和外孙一家出了车祸之后，只剩下了失忆的外孙。外公不顾年事已高，带着外孙回归大自然，一点一滴地帮助外孙找寻回甜美的记忆的故事。亲情、友情、爱情，都在世界的转角处。这部影片拍得画面相当漂亮，把中欧的美景如同画轴一般，作为外公和外孙的旅游路线逐一展现出来，使人看得赏心悦目，真正把影像艺术的美发挥到了极致。

居住在陌生的城市里

我起来的时候,这个城市还在昏睡,那些街灯,那些过年才拿出来的灯笼还在亮着,红彤彤的。

"旧历的年底毕竟最像年底",蓦的,大脑里立刻浮现出鲁迅这句著名的话。其实,现在早已不是年底。

在这个我逐渐熟悉的房间里,桌子和椅子都嚣张地对峙着,它们好像在我们熟睡的时候醒来,各自为政。桌子上摆着六个矿泉水瓶,每个瓶子里都有一点残余的水,说明它们白天跟着我们走过的路途。桌子上还摆着咸菜,有成罐的腐乳和榨菜,餐巾纸也委屈地挤在里面,封口那儿露着纸巾,随时要跳出来。

现在正是午夜,总是有声音咔咔作响,我四处寻找声音的来源,桌椅们好像都很无辜地望着我,表明不是它们在捣乱。也许有另一种可能,是我搅扰了它们,比如它们正在开会,是声讨我们的样子,而我们以为它们在睡觉,现在鉴于我的存在,它们不得不偷偷摸摸,发出那些古怪的声音。

我看见上厕所回来的侄女迷迷糊糊地站在那里,她问,什么声音?

她可能是觉得奇怪，我已经听惯了。我说，睡吧，没事的。

我重新躺下的时候，妻子在梦中发出喊声，是那种惊恐的焦急的喊声，我捅了捅她，她从梦中醒来，有些愣怔。后来她安静下来，安静得像一只小猫。我想起那天去机场送儿子，她一直目送着儿子的身影在安检口消失，才恋恋不舍地和我们离开。她对儿子很依恋，儿子在这里的时候，他们经常唠到深夜。

早晨醒来，妻子已经走了，她是去菜市场了。我走上阳台，看着楼下那些乱七八糟停放的、落满灰尘的汽车，想着，它们的主人还在过年吗？

元宵节的苦恼

元宵节这天,妻子早晨炸了汤圆,没让我吃。看着油汪汪的汤圆,我咽了口唾沫,没办法,谁让咱有糖尿病了。不过,我对甜的东西总是馋,这几天常常偷吃儿子给侄女留下的小食品。妻子说我两次,侄女很不高兴,总认为她大姑管我太严了。她不知道,我这人自制力特别差,要是不管,我会把她的东西全吃光的。

下午,妻子睡过觉,兴致勃勃,满脸放光地征求意见:晚上吃啥?

我说,你准备做啥?

妻说,一个粉蒸排骨,还有一个,你们说是做卧鸡蛋呢,还是做鸡蛋糕?

我说,鸡蛋糕吧?

好像就这样定了。目前就我们三个人,菜不能做多,只能这样。

晚上一上桌,我看到了粉蒸排骨,上面是土豆,下面是排骨,散发出混合的香气。另一个却是芹菜炒肉。

我说,哎,你咋擅自改了呢?你征求了一大圈意见,也太不拿我们的意见当回事了?

妻子不好意思地说，我忘了，蒸鸡蛋糕的碗我已经收起来了。

我忽然想起，我们快要离开三亚走了。不过，妻子的性子也太急了，这么早把碗都收起来了。那个碗是她自己买的，她说要留个纪念。我早就对她说，不要带这些乱七八糟的东西，她大概怕我到时候不让带，就早早装了起来。

我夹起一块粉蒸排骨，还没吃到嘴里，妻子就急着问：好不好吃？

我说，还没吃到嘴。

她又把脸转向侄女，侄女说，有点辣。

肯定是辣啊，那米粉里有辣椒，有花椒，能不辣吗？

待我们吃下，妻子再次问，好不好吃啊？

这种做法妻子是新学的，急于表现，我理解她的心情。

我和侄女对了一下眼神，一起说，好——吃。

妻子乐了。

吃着吃着，大侄女突然停住，幽幽地说：我最不愿意过元宵节了。

我和妻子都望着她，不知此话何来。

侄女接着说：过了元宵节，我们就得开学了。

看来，即使是学习尖子，也是不愿意读书。这世界上，原是很少有人愿意学习的，大多都是被迫的啊！

帮儿子搬家

儿子是第四次搬家了。儿子在京工作五年，搬家四次，次数可谓多矣。

记得儿子刚到北京那一年，和别人住一个单间，房子狭小黑暗不说，还一地蟑螂，我和他妈去看他，他还特意收拾了一番，他妈问，你不怕蟑螂吗？他笑着说，怕啥，也不咬我。我们处得挺好的。他虽是一句玩笑话，我们听了还是有些心酸。随着儿子在单位的升职和跳槽，儿子换房子的频率不断加快，直到这次换了一个很亮堂的大屋子，双面朝阳，在二环很有名的小区"海运仓"。儿子还是和那个中学同学住在一起，儿子甘愿拿出接近三分之二的房费，儿子说，我现在虽然有能力出去单住，但是我怕他（指同学）有想法。只要他不提出来单住，我绝不提出来。我觉得儿子真的是一天天成熟起来，颇懂得为别人着想。

儿子的生意风生水起，最近又接了一个上百万的单。我问儿子，你现在接活儿还激动吗？儿子说，不怎么激动了，如果是去年，我还激动，一年做下来，我觉得我们的付出太多了，我们的努力应该有回报了。看着儿子略显沧桑的面孔，我心里一阵难过。二十几岁的孩子自己去要承受如此大的压力，而我们任何忙帮不上，做父母的只有愧疚，我们没有财富交给子女，我们唯有一颗爱心——我和妻子大老远赶来，就是为了替他收拾收拾东西，熨熨衣服。我们累得腰酸腿痛，却心甘情愿。

安顿好新家，我们就要往回走，儿子劝我们多住几天，在北京逛逛。妻子惦记着家里园子种的菜和养的花，说啥不住，我说等下次吧，儿子只好做罢。儿子和合伙人小郑送我们上车站，两个人唠得像恋人似的，形影不离。我和妻子在后面看着高兴。

小郑偶尔回过头来和我说话，他说，叔，你前天去看我们公司的办公室，没看我俩的办公室吧？我点着头，不知道他是什么意思。是啊，儿子他们只让我们看了公司办公室，却没让看经理室，直接领我们进接待室了。他说，叔，现在我们俩没有经理室了。我问，为什么？他看了一眼我儿子，回过头来说，我们又新招了仨员工，办公室不够用，我们把经理室让给员工了。我说，这是好事呀。他说，本来应该给你和婶子看看我们的办公室，摆摆阔气，可是没办法啊！仿佛有些遗憾。

我说，好事好事，对于你们来说，经理的办公室如何并不重要，重要的是事业发达。事业没了，再大的办公室有啥用呢？

两个人不约而同地说，是啊是啊。我们也是这么想的。

看着这对年轻人，我很放心，他们赶上了好时代，又诚心干事业，怎么能不越做越大，越做越好呢？

上了火车，把东西放妥帖，儿子他们下去了。我和妻子坐在座位上，都感觉有些累，有些沉默，后来我们不约而同地望着对方，相视一下，就无声地笑了。

与我生命相关的城市

有时候，一个城市的名字无意中就记住了。你看到的一块标牌，你听到的一个站名，你就深深记住了，它在你的记忆中凿记斧刻。

这城市如果因为和你生命相关，你可能记忆就更深了。梅河口，对我来说就是这样一个城市。

我第一次听说梅河口是很小的时候，应该是十多岁的样子。好像母亲和谁唠嗑，无意间就说出我是出生在梅河口的。在此之前，我一直以为我是出生在九台，因为我的籍贯什么的都是填九台。

1957年或者比这还早的时候，我的父亲从吉林市来到梅河口铁路电报所工作，一家人从吉林市搬迁至此。那时候我们家已经是四口之家，我的父母和哥哥姐姐。1957年不是个让人有好感的年头，那一年我们国家政治上动荡，许多精英被打成了右派，同时那好像还是一个饥馑的年头，食不果腹的人们还要大炼钢铁，当然这与我的出生没关系。

据我母亲说，我出生的时候就差四天过年了，她当时一点预感都没有，我却说来就来了，只好生在了冰冷的地上，可见我是不期而至的。没有接生婆，是邻居一位大婶正好串门赶上了（亏得那时候人们爱串门，要是现在可能就糟了），她为我剪扎了脐带，把我们母子弄到炕上，我母亲看着瘦小的血糊糊的我（估计是没满月，我每次问细节我妈都回避）就有些忧心忡忡，她说，这孩子能活么？那邻居快人快语，说了一句话：你都好几个孩子了，还担心那个干啥，活就活，死就死。

我估计那时候对待孩子真可能是这个态度，比对待小猫小狗强不了多少，那时候也没有人权啥的这些说道。不过，我这邻居如果知道我今天是写字的，肯定是要后怕的。

后来，我就很在意这个城市。它毕竟和我有关，它是我的出生地。其实，我父母第二年就离开了那个城市。我曾经很想认真地了解它，我对它充满了神秘的向往。

我曾经有几次路过梅河口，都是匆匆而过。给我的感觉，梅河口是一个很小的城市，我只记得它有一个检查站，不叫梅河口，而叫一个很怪的名字——牛心顶。

真正进入这个城市，却是在一个午夜，也是一次意外。

那一天，雨雪交加，我和朋友老陶开着车从通化归来，从下午四点一直走到午夜十二点，路上小心翼翼，路实在不好走，太滑了。我不会开车，老陶一个人在摆弄方向盘，车上装着三千多斤的石头，老陶实在受不了了，老陶说：我们到梅河口住下吧，我实在不敢连夜开回去。梅河口？我神情一振，好啊，我说。老陶为我的痛快感到意外，他当然不知道我和这个城市的渊源。

午夜的梅河口很安静，很窄的街道，昏暗的路灯，一切都是司空见惯的，觉不出它有什么特殊之处。也许是因为我们一路上过于迫切紧张，我们已经被疲倦击倒了。还没找到旅店，老陶就困得趴在方向盘上睡着了。

早晨，我们又急匆匆地赶路了，因为雨雪过后的路面更难走，我们从起床就开始担心和紧张。

我只能在内心里表示深深的歉意，因为我实在是来不及仔细打量你：你这冬日的寂静早晨，你这北方宁静的小城。

我同样也是满足的，在这仅仅的一瞥中，我已经领略了你的质朴和简单——它像极了我们回望童年时的那个家乡的菜园子：几株樱桃，一树海棠，新雨过后，满院蜻蜓。

其实，我们往往不为繁华所动，却常常在质朴和简单面前突然沉默不语，泪流满面。

自己做老板

今夜突然有些睡不着觉,看看表,零点四十五分。

我不是个容易失眠的人,我甚至可以算作多眠的人。如果不是因为某个原因,我是嗜睡的。是儿子的一个举动刺激了我,儿子昨天告诉我,他辞职了。

儿子才二十六岁,在我的眼里他当然是个孩子,而且永远都是。这就是父亲的视角,这视角影响了我的判断和观察,也恰恰是这个视角使我今天失眠。

儿子在北京——一个最适合打工者生存又最难生存的地方。不到四年的时间里,儿子换了三个地方,我已经适应了儿子的频繁跳槽,因为儿子越跳越好,主要的标志是工资不断提高。说起来他现在的工资已经可以了,每个月税后近万,一年下来就是十几万,在我看来都是天文数字了。当然,这在北京算不了什么,甚至在他生活必须的时候,我还得补助。但我们这些在体制内工作一辈子的人还是希望安定,希望在一个单位至少是能够长时间做下去。儿子看来从来没有听从我的劝告,他从来也没想在一个单位长久地干下去。他说,我们不像你们,我们现在是给老板打工，打工最终的命运还是打工，哪怕你坐在白领的位置上。儿子已经是一家公司的白领了，他并不满足。从去年开始，他就在酝酿要自己干点什么，他说，我最终的出路就是自己当老板，他说，我需要一个机会，还需要有一笔钱。

这笔钱他终于在不久前得到了，所以他果断地辞职了。

我听后无言，不知道该鼓励他，还是该说些什么。

最后还是无言。

我想，儿子已经长大了，我明显感到，儿子处理事情的能力比我都强。去年春节期间，我亲眼目睹了儿子功败垂成时的那种淡定和成熟——一家上海船舶公司交船仪式的策划方案，差不多都要签订合同了，却被另一家当地公司通过关系撬走。那是儿子熬了多少个夜晚才弄成的，反复修改，反复沟通，老板多次表示极其满意，结果却是这样！我以为儿子会哭，会愤怒，会大骂，那可是好几百万的活儿啊，如果成功儿子就能分到几十万。可儿子很镇定，他只是愣了一会儿，就迅速地打了几个电话，然后又打开电脑，与自己的合作伙伴沟通。我围着他转来转去不敢出声，他却对我说，没事没事，你不用安慰我，你忙去吧。好像倒是在劝慰我。

我们真的可能是日渐老了，我们的思想日趋保守、僵化，我们并不了解自己的孩子，他们在离我们越来越远。

妻子却是盲目地高兴，她说，我儿子要做老板了。她认为她的儿子做什么都行，她天天盼着她的儿子当老板。她希望有一天，她能去坐一坐她当老板儿子的那把椅子。

也难怪，我们一辈子自己没做过老板，我们甚至连想都没敢想。时代不同了，儿子有勇气敢于自己去当老板，这有什么不可以的呢？

与小侄女视频

我一直认为加拿大是一个美好的国家,要不为什么那么多人愿意去那里?

我的妻妹去了,我的同学去了,不久前,我的小侄女也去了。

他们都说好,好和好不一样。妻妹说好,是因为人家是清华的高材生,人家是作为人才在那里生活。同学说好,林同学说的有点勉强,有点苦涩;于同学是投资移民,在国内是房地产开发商,财大气粗,认为那里的环境和气候好,屋前屋后都是花。小侄女说好,那才是真的好,孩子没有那么多的框框和比较,唯一的比较是学习生活舒服,压力不大。

我通过视频和侄女聊天,看着她的面孔明显比国内胖了。她生气地说,别说我胖啊,再说我胖我不和你聊了。妻子在旁边插嘴问她现在的体重身高,她飞快地说,高一米六三,重九十斤,我立刻讨好地说,这么说,还真不胖。她冲我晃了晃脑袋,让我想起了她在国内经常撒娇的样子。

她向我汇报,她的学校叫"thornlea",大体上是这么一堆字母,我不懂英文。我问翻译成中文是什么?她也不清楚。

她们学校的学生来自世界各地：中国（香港、台湾）、伊朗、泰国、土耳其、韩国、越南、法国，还有加拿大本国的（主要是在加拿大出生的外国人）。

她在那里念相当于中国的高中课程，一天四节课。主要有数学、音乐、英语、地理等。有些课还可以自选，上课和大学差不多，不固定教室，所以也就没有教室。你上第一节课的老师，就是你今天的老师（类似我们的班主任，但不那么具体管理学生）。中午的时候，学校有食堂，可以在那里打饭，也可以自己带饭。侄女吃不惯食堂的饭，总是从家里带饭。每个同学有一个自己的小柜，放在走廊里，用于放书、午饭、衣服、杂物。中午只有食堂和图书馆向学生开放。

侄女她们上课的时间是，早晨8：50上学，下午是2：20放学。早晨到校后，第一个节目是全体起立，不许说话，听加拿大国歌。我问是不是爱国主义教育，侄女说，没那个意思吧？她顺便说起，11月11日，她们被拉到一处墓地，说是纪念战争逝去的人，我问侄女为什么偏选这个日子，她说，好像是第一次世界大战开始的日子，老师说的。我想，这可比我们这边搞教育效果好，我们这边常常把意义说了一大堆，结果不起作用。而通过一次活动，让孩子有人类意识，有世界胸怀，这多重要。

下午基本上是选修课，侄女选择的课是舞蹈俱乐部，她选修的乐器是沙克斯管和吉他，妻子在旁边再次插嘴说，给你大姑父吹一个，侄女笑了，说乐器没在家。

她们的课经常不在课堂里上，比如地理课有时候去动物园，音乐课去听音乐会（这是专为学生演出的，票价低廉），英语课去看《罗密欧与朱丽叶》的演出等，她们的作业也很容易，侄女给我展示了她们的体育作业，很花哨，红红绿绿的像图画。侄女说，花哨吧，像海报似的，要求有创新，到网上去找资料，然后自己做，再到课堂上去讲解，老师评分。

  我问，你考试如何？她说，很好。我上次在体育课上的"人工呼吸"得了满分。我们的分数都是只有自己知道，老师只通知你个人，不像国内拉大榜，人家不伤害学生的自尊心。

  我说，你想家吗？她说想啊。然后又望望旁边，估计她顾及是住在老姑家，就说：也想也不想，这里挺好的，我们明天还要去游玩。我说，你国内的同学羡慕你吗？她说羡慕啊，他们很累很累，我学习很轻松，她笑了。是那种发自内心灿烂的笑。

  这时候，她老姑递给她一块西瓜。她连忙吃了两口。瞅这待遇，我就知道她为什么不愿意回来，为什么会胖了。

  呵呵，祝她在异国他乡学习快乐！

和妻子逛街

妻子说，和我去天津街啊？

我说，行。

妻子看了我一眼，有些不相信我会答应得如此痛快。

天津街，我讨厌的地方——那里有个令妻子着迷的小商品批发市场。她经常去那里转，即使不买东西也乐此不疲。

不知为什么，我对一切商场都不喜欢。年轻的时候，我对商店简直是憎恶，除了必须去买东西，总是买了东西就走，绝不留恋。结婚后，我才发现，男人和女人对待商场的感觉和感情是不一样的。比如我爱人，爱极了逛商场，不仅是商场，就连我们家门口的早市，她也每天必逛，她喜欢在那些闹哄哄的人流里穿行，东瞧西望，多数时候什么也不买。我问她有什么可瞧的，她说我就喜欢这个热闹。不过她很少攀着我去。既然今天她想让我去，我今天恰巧无事，真心想陪妻子逛街去。

出门不用问，她一准乘公共汽车，和妻子走就是这点令我不快。妻子却十分高兴，在车上不断地看我，好像我有什么出奇似的，我估计她还是觉得奇怪。

到了商场，妻子转来转去，原来她有这么多的事情要办：给自己做的大衣买两个扣子；来取放在这里给儿子织补的毛衣（我估计那件毛衣只能给我穿了），她还意外地发现了一块她喜欢的布料，打算用那块布做个背带裙——乖乖，我倒抽了一口冷气，五十多岁的人了，还敢穿背带裙？妻子没理我的表情，依然和那个女裁缝商量，她比量着那个样子，我看很难穿得出，难道他们是演出需要？

　　我不便问。对穿衣服上的事情，从来就是她愿意穿啥穿啥，我只夸好。人家有艺术细胞，知道啥好啥孬，用不着我操心。

　　屋里有点热，随着时间的推移，我渐渐有点不耐烦，我感觉我的忍耐力正在一点点消失，烦躁随之而来。

　　这时候，手机适时地响了。是老陶的电话，说奇石那伙人想我了，问我中午有没有空。我看了看妻子，她还在忙，就低声说了句：有空。

　　妻子大概是安排完了，过来挽住我的胳膊说，走吧。

　　我刚想说我有点事儿。妻子先对我说，刚才谁的电话，找你干啥？

　　我支吾着说，石友俱乐部那帮人，我这光忙着记者节，把他们给忘了，他们挺想我的。

　　我奇怪的是，接电话的时候，她正热火朝天地和人家商量做衣服呢，连头都没抬，怎么知道我接电话了呢？

　　她听我说完，没吱声，似乎有些生气的样子。我也一声不吭地跟着她走，我知道我这事儿做得有些不地道，她一定以为我是早有安排。

　　走到车站的时候，她突然回头说，你还跟着我干什么？还不快去会你那些狐朋狗友去啊。

　　我看不出她是生气还是不生气，正在犹豫。

　　她却自己跳上车，走了，还从车里顽皮地向我挥着手。

　　我这才放心地走了。

成都的两个名胜

成都的名胜，轻易一数一大串，一抓一大把，什么杜甫草堂，什么三星堆遗址，多了去了，而我要说的却是都江堰和青城山。

有一句宣传成都的话，叫"拜水都江堰，问道青城山"，据说是余秋雨先生说的，不知是不是真。但这两处名胜却真能实实在在地代表成都的古韵和历史。我是在汶川大地震后去拜访这两处名胜的。

都江堰应该说早就熟悉，当然更多的是从课本和书中了解到的。两千多年前，李冰父子的杰作，这次经历地震居然没有受太大的影响，你说奇特不奇特？要说一点影响没有也不确切，"鱼嘴"部分毕竟被地震震出了很多裂缝，好在无啥大碍。看上去，只是有些白茬——那是震后修补的。

都江堰历经二千多年，不仅是水利史上的奇迹，也是一个重要的历史遗迹，只是年复一年的修复，使它逐渐不伦不类，特别是到了现代，水泥、钢筋、锁链、闸门，使它成了与时俱进的怪物。好在它还是那么雄伟，那么壮观，像一条从两千年以前开过来的巨舰，驶到现在，驶到今天。尽管已经斑驳，几度沧桑，它还保留着一种精神，一种表明中国人智慧和创造的精神，一种延续而来的民族精神。当你站在"鱼嘴"，迎着汹涌而来的巨浪和江风,看着江水被"鱼嘴"自然切开,浩荡的岷江从此一分为二;当你看着驯服的内江从宝瓶口缓缓流入成都市区、四川盆地,造福人类,你能不心生敬佩,为李冰父子及我们的先人感到骄傲和自豪吗?

及至后来,我们坐在茶坊门前的古槐树下,看着槐花雪般从头上轻盈地落下,落在我们的头顶,落在茶桌上和茶碗里,我们享受这古船旁的金秋意趣,更感觉思绪纷扬。

青城山是道教名山,经历地震,它实际上受到一些影响和破坏,据说山下的庙宇有的被震塌了,而山上的主要景点都没受什么影响。宗教总是有许多神奇的东西,甚至是我们不能理解和解释的现象,我们就不去理解和解释吧,那些信徒研究了千年万年,青灯古卷,面壁十年,都无法参透其中的奥妙,我们何必呢?我喜欢青城山的幽静,那参天的古树,那掩映在其间的寺庙,那飘渺的雾气,那写在墙上强劲有力的"道"字,处处都在布置着一个超凡脱俗的天地。国画大师张大千曾旅居青城山多日,移居海外后,还用"平生结梦青城宅"的诗句,寄托对青城山的思念。在青城山上,导游小姐会指着"上清宫"的牌匾告诉你,那是蒋委员长当年写的。字写得很好,清秀,隽永,脱俗,估计那时候蒋委员长的心情很好,很静,所以写出来的字漂亮。我看过他后来的字,没有比这个强的,国事家事都乱的时候,自然不会有好心情,也自然写不出好字。导游小姐津津乐道地告诉大家:这幅匾额是怎么保存下来的——文革的时候,得知红卫兵要来破四旧,道士们经过冥思苦想,最后把这个牌匾用泥巴糊上,外面弄块红布写上"毛主席万岁",红卫兵来一看,傻眼了,总不能对毛主席他老人家下手吧?听了这个故事,我在想,这些红卫兵当时何以会手下留情,要么是四川的古迹太多,他们实在是忙不过来;要么就是他们所受的文化濡染,终究还是有些怜惜——给个理由就放过了。无论是何种原因,我们都应该庆幸,老蒋的字在中国大陆经历文化大革命还能够劫后余生,也真是奇迹!

蚊子、蟑螂及其他

三亚这地方真好，好就好在它的冬天和我们北方的夏天一样。

我还保持着半夜起来的习惯，如果在北方，这时候起来，尽管屋内温暖，但毕竟外面是严寒，心中肯定是不舒服的，总有一种压迫的、抑郁的感觉。这里没有严寒，虽屋里同样是黑黢黢的，窗外却是灯火一片，高大的落地窗给人一种温暖的感觉。如果稍不小心，还能飞进蚊子，我是最怕蚊子的。我觉得人和一些生物之间有神秘的联系。我和蚊子的关系就是这样，只要屋里飞进一只蚊子，我也必定是受害者。常常是，蚊子对我的妻子理都不理，只在我身边绕来绕去。妻子总是边帮我打蚊子，边说我身上臭。蚊子虽然不咬她，她对蚊子却深恶痛绝。她打蚊子很是有一套，总是出手极快，两掌一拍，啪的一声，给我看时，蚊子的尸体已在掌中。妻子每打完一个，必要皱着眉去洗手，她是有洁癖的人，甘愿为我打蚊子，又不愿意把蚊子拍在墙上，只好练就了空中打击的绝技，妻子已经五十多岁的年龄了，眼快手快得让人惊讶。

妻子说，是我身上臭，才引来蚊子咬我。我不以为然，还与她推理进行反驳，三段论似的：A、蚊子是咬所有人的，因为人身上有人味。

B、蚊子不咬你。C、结论：你身上没人味。不过说是说，我对此依然觉得有些怪，我在思忖：蚊子咬人可能也是真有选择的。待到日前大小舅子来，便有了验证，蚊子居然也是不咬大小舅子的，大小舅子媳妇却是遍体鳞伤。大小舅子说，我们家墙上遍染蚊子的血，都是她拍的。听着有些恐怖。而且自从她来，蚊子也转移了方向，对我也带答不理的，集中向她进攻。经常是别人没啥感觉，她那里却噼啪乱响，不断地喊着蚊子蚊子，然后就有包泛起，尽管她不断地往腿上抹一种防蚊虫叮咬的药膏，也无济于事，你说怪不怪？

这里除了蚊子，又有了蚂蚁和蟑螂。这里的蚂蚁都是那种黄色的、很小的蚂蚁。我和妻子有着长期和蚂蚁作战的经验，我们在部队家属楼住时，那里的蚂蚁猖獗得要命，都是红蚂蚁，我们那时候采取的是用糖水淹死它们。我们常常是早晨上班走了，放一碟糖水，晚上收获一碟蚂蚁的尸体。这次在他乡遇到蚂蚁，妻子继续饲以糖水，等它们自溺，可是时代发展了，蚂蚁们也进化了，它们好像已经对糖水不感兴趣了，或者说这种黄蚂蚁根本就对糖水不感兴趣。妻子不厌其烦，主动探索其他方式，给它们虾壳，给它们鱼骨，给它们芒果的果核，每次探索都有所收获，妻子乐此不疲。妻子在观察和探索中发现，那些黄色的蚂蚁居然是有领导，有组织，有纪律的，它们总是排着一字型的长队出行。妻子还发现，它们被打乱阵营之后，有些蚂蚁就蒙头蒙脑，在那里转磨磨，妻子认为是失去了领袖，找不到方向，而当老师的小舅子媳妇看法高人一等，她说那是看到阵亡的将士纷纷牺牲，它们悲痛欲绝在纷纷哭泣。蚂蚁的世界，我们不知，我分析两种可能都有。我们只是讨厌它们，并不关心它们的喜怒哀乐。奇怪的是，妻子消灭一批，它们就又出来一批，仿佛无穷无尽。大的消灭了，小的又出来了。妻子观察得很细腻，据她汇报，她已经消灭成批的蚂蚁共计八批，照理说，应该也差不多了，可是那些蚂蚁就像"革命者"似的，总是斩不尽杀不绝，前赴后继，层出不穷，让那么有毅力的妻子也唉声叹气起来。

更可怕的是，我昨天在电脑桌上又发现了一只蟑螂，这东西比较霸道，我和妻子早有领教。看着它大摇大摆地在我面前探索，它撅着屁股，试试探探，屁股上还背着一个挺大的蟑螂蛋。本欲一下子消灭，顾及旁边的鼠标，又因为是凌晨，别人都在酣睡，我不敢有大动作，就慢慢等待时机。我把笔记本和鼠标悄悄挪走，自以为得计，待把电脑桌搬下一看，那物早已逃之夭夭。吃饭时，我把此事通报大家，其他人漠然，只有大侄女高兴，说：大姑父，在哪儿啊？我说，跑了。她说，我们宿舍里有好多。看她那样子，他们是要把蟑螂当宠物养的。

嗨嗨，这年头，啥都不出奇，啥都不新鲜。没有做不到的，就怕想不到的。忽然想起新浪网最近的一则消息——当然与蚊子、蚂蚁和蟑螂无关——消息说，老导演张纪中发誓要把美猴王拍成中国的《阿凡达》，这种事情说说可以，表明对别人的不服气和敢于攀登高峰的勇气。但我看仅仅是说说，千万别治气，中国的事儿，只有主观愿望是不行的。《阿凡达》并不是高不可攀，中国人缺的不是资金，不是手段，最大的差距是人的想象力。总有一张无形的大网罩在心里，谁都挣不破，那就不仅仅是上天入地的工夫，美猴王还怕如来佛呢，这是内心永远的差距，至少我们这个时代还有许多克服不了的东西。也可以这样说，好莱坞就是好莱坞，好莱坞放在中国就啥也不是，就是西影或者长影，就得慢慢等待死亡，这道理一讲就谁都明白了。

扯远了，那个该死的蟑螂还没找到呢，咱还是务实点吧。

小店消费者

这一阵子，我和妻子形成了两人世界，与外界基本上不发生联系。

身体稍稍好一些，就开始陪着妻子逛商店。

妻子不是那种爱花钱的人，她拉上我，实际上是为了让我运动。

我太懒了，只愿意躺在床上看书，她就只好哄我，让我陪着她去买东西，我很不情愿地和她去溜达。

她总是去那些小店。妻子说，只有小店的东西才有特色。那些高价的东西不值得去买。

我在那些小店里，感觉真的是琳琅满目，我看着妻子一件一件认真地看，我也试图对那些东西感兴趣。

可是，还是没有兴趣。

妻子走来走去，她总是问，总是看，很少买。

她一旦问起我，我尽量兴趣盎然地说，好看。

当然不是都说好，那不是坑妻子么？有好说好，不好的，当然不说。

我发现，她的确是那种能从平庸的服装中发现不平庸的高手，至少我是这样认为的。

　　我想，人一辈子选一个妻子，我们肯定是真诚希望她能穿得起世界上最昂贵、最美丽的服装的，可是，我们没有那样的财力。妻子开始肯定也是有这样的愿望，她是逐渐接受我们现在这个现状的——我们买不起这个世界上最昂贵、最美丽的服装，我们只能承受我们自己的消费。

　　所以，我的妻子甘愿做了小店的消费者，这种甘愿中当然有理解和无奈。

蒲松龄故居有感

在故居

偌大的院落,属于先生的实在不多。前人的也罢,后人的也罢,总之属于先生的只有三间瓦屋。那些亭台楼榭,那些假山怪石,那些曲径通幽,其实都是别人的。如今,它们借着先生的名字,全都复活,和先生的房屋一起张扬着,神气活现,毫无愧色。

先生后来享用的只是这三间瓦屋和这小小的院落。聊斋的门匾当然是后人写的,就连院子里的石榴树,也是后人栽下的。可是,当初先生写《聊斋志异》的时候,这里是什么样子呢?当初先生穷愁潦倒的时候,这里又是什么样子呢?

好在对于先生,这已经足够了。

先生一辈子也没有走出这三间瓦屋。除了为求取功名出去走走,除了受朋友之邀出去走走,余下的时间,大都在这三间瓦屋的附近转悠。

物质这东西多少是多呢?当年分家的时候你得到的最少,可是只有你的名字留下了。那些兄弟姐们也许得到很多,可是,如果不是因为你的原因，谁会记住他们的名字呢？

游聊斋园

没有导游，没有讲解，我自己在里面游逛。这样的场所，需要独往独来。

石隐园当然是要看的，穿门越径地闲走，只要不惊吓了这里的一花一草、一石一亭就行。想着它往日的葳蕤，往日的池水幽静和怪石林立，多少个月夜闲暇，先生或在这里奇思独运，或在这里交朋好友。这里其实是毕家花园的一部分，先生在毕府设馆三十年，写下大量赞赏石隐园的诗词佳篇，从而也使这里名扬天下。毕家有那么些的家产，独此一园扬名存世，当属先生的功劳。

聊斋宫就不去了吧。用雕塑、灯光音响、电影特技弄出来的东西，想想就腻，那地方适合小孩子去。先生的故事是需要极大的想象空间才有意思，若要是那样弄起来，一定是索然。还有许多据说是标了先生故事的出处，这就更奇怪了，先生讲的本来就是故事，我们何以偏要究其来源，寻其出处呢？

罢罢罢，还是看一点有根有袢的东西吧。先生生前以柳泉居士名之，不管真假，那柳泉还在，就去那里吧。循着古驿道般的城墙蜿蜒而下，就到了柳泉，其实柳泉只是一口井，所谓的"满井"，当年的蒲家庄就叫满井村，皆因井水满溢，孕育了周围翠柳百株，故又叫柳泉。现在的柳泉，井水依旧，清澈见底。旁边一个空支架，并无辘轳，见四下无人，便爬在那里喝了一口，清冽的井水仿佛是甜的。石桥那边的山坡上有个草寮，草寮里有先生的塑像，遂越过石桥径奔过去。

独自安坐在那里的先生，看上去很和蔼，头戴瓜皮帽，捋着胡须端坐。我在先生的对面独坐沉思，寂静无声，树叶在周围悄然落下。忽然想调皮一下，遂坐到先生一侧，用手掀了掀先生的小帽，果然索然，和想到的一样。

顺小桥回走，不再看柳泉，也不想看先生的墓地（谁知道那里埋着什么人呢）。径下山坡，看自然的风景。山后有池塘一处，塘边砌着石块，周边皆是柳树，这就是柳泉养育的柳树吗？没有人回答，柳树间全是枯黄的蒿草，对面有一片大煞风景的玉米秆，静静地站在那里。

再回首，先生依然独坐千秋地呆在那里，秋天的阳光照在那个草寮上，发出金色的光芒。阳光正好，先生于这荒郊野外摆好了茶肆，并不苍然，并不落魄，正和那些南来北往的路人聊天，聊到兴起处呵呵地笑着……

先生，就让你和你的那些神怪，你的那些故事永远地呆在一起吧。

本不应该惊动你，走啦！

家里的饭菜香

出门十多天，走了不少地方，港澳、珠海、深圳，苏杭，吃了不少好吃的饭菜，最有印象的是杭州的小吃。

杭州真是一座美丽的城市，是我一看就喜欢的城市之一，这样的城市我去的很少，开封算一个，成都算一个，再就是这次去过的杭州。在我看来，杭州不仅仅是西湖、运河，不仅仅是那些传说，它的每条街道，每个建筑，每个我遇到的人，都是美丽的。最难忘刚到杭州，张亦辉的爱人李玮女士除了为我们安排住宿在西湖边上的南京军区疗养院之外，还抱病为我们接风（此时，亦辉正在离城市很远的下沙大学城里上课）。吃饭的地方在运河边上，京杭大运河的河水滔滔而过，阳光普照，风和日丽。那个饭店也是古香古色的，门前长着些类似龟背竹的东西，大片的叶片，还有一些竹子，摇曳多姿。吃的菜就更让我终生难忘了，我特别记了一下，那两种菜的名字一个叫辣麻鸡，一个叫馄饨煮鱼，好吃得一塌糊涂。晚上，妻子领我瞎逛，又吃了不少小吃，诸如虾肉小笼包、馄饨、特味大包、糯米素烧鹅，我这个人没吃过什么像样的小吃，本就少见多怪，直觉得真的到了天上人间。

细想一下，在外面的这半个来月，嘴还真没亏空，上千元的酒席没少坐，都是珍稀菜肴，可是吃来吃去有点味同嚼蜡。不是东西不好，是有许多东西我吃不惯，南方的许多东西都习惯放糖，看着挺好的东西，一吃都是甜的（请原谅我这个偏执的糖尿病患者），而妻子的嘴其实比我刁，她表面上领我吃好吃的，她几乎一样都不喜欢，只是常常吃我吃了一半的东西（我一吃出是甜的就给她），她特别不喜欢吃南方的大米，就是我们称为"糙米"的那种米，她说嚼在嘴里没有米味儿。

终于要回家了。还在火车上她就叨咕着回家要焖一锅大米饭，用家里园子地里的白菜炖土豆，可劲造。说得我也馋馋的，说实话，外面的饭菜再香，也还是想家里的饭菜，毕竟养成了自己的饮食习惯。一到家，妻子哼哼着歌淘米做饭，我遵命去地里拔大白菜，妻子一边洗衣服一边指挥我洗白菜，洗土豆，削土豆皮。不一会儿衣服洗出来了，她的饭菜也做好了。闻着大米饭扑鼻的香味儿和锅里白菜炖土豆的味道——这习惯而熟悉的味道，我竟然有一种醉醺醺的感觉。

我们俩飞快地吃着香喷喷的大米饭，吃着白菜炖土豆，互相抢着吃，好像我们这辈子从来没吃过这样普通的饭菜。

顷刻，饭吃没了，菜也只剩下汤了。我们像两个饿鬼一样意犹未尽地对视一下，不由得都笑了：哈哈，真是没办法啊，果然还是家里的饭菜香！

旅途纪实

1

早晨是被声音惊醒的,昨晚半夜上车,很疲劳,睡得沉实。此时正是六点三十分,很久没听到"新闻和报纸摘要"节目了,很亲切,头有些疼。没休息好,这些天一直就处于奔波状态中,从一个景点奔赴另一个景点,车窗外迷雾一片,整个世界都被吞没了,只有近处的树木围栏能看得清楚,世界因此变得混沌不堪,让你生出许多猜想和想象。

你坐在车窗前贪婪地向外望,其实外面有什么呢?无非是寻常的事物,山川河流,树木村庄,可你就是看不够,这也是你喜欢坐火车的原因之一。火车还可以使你感觉生活在人群里——人群,这很重要。人既想独立,又要群居,独孤是没办法的事情,它不是人生的常态,人生大部分时间还是生活在人群之中,只是孤独的人时时愿意游离人群罢了。况且,在一些陌生人之间,人们是相互隔膜的,活动在你周围的只是一些人形,他们甚至与你毫不相干。

窗外的景色是共同的,有的贪恋,有的则视而不见。

泰山，济南，德州，一路向北，醒来后就是这些熟悉的站名，显然已经到了山东地界，景色也有些熟悉，只是比自己的家乡晚一些季节，路边的树正是五花时节，色彩斑斓，赤橙黄绿，是色彩最丰富的季节，而自己的家乡的树木早已落尽了叶子，在静静地等待初雪了。

车厢里，一个孩子来回跑动，孩子永远是人类中最活跃的因素和细胞，体现着单纯，快乐，无忧无虑。

人生也许是循环的，我们正在走向老年，我们也正在走向新的童年。

2

铁路两边尽是红叶，虽是矮矮的，却很张扬，后面高大的杨树柳树奇怪地绿着。

旁边有人问：啥时候到？我不知道他问的是到哪里。另一个人俏皮地回答说：到什么到，你以为是韩国呐？他们显然是一起的。

不断有人端着方便面从我身边走过，对面座位的老太太正在嗑瓜子，咔吧咔吧的，牙口真好。

早晨有雾，笼罩在庄稼梢头，白白的水泥路夹在庄稼地里通向远方的村落，地里的庄稼有的站着有的躺着，显出一种很随意很无章法的样子。列车通过一片水域，烟雾迷蒙，水气缭绕。

一辆面包车在水泥路上疾驰，远处的房子都是红顶的，不知道这里的人们为什么喜欢把房子盖成红色的顶子。

有人在呼噜呼噜地吃方便面，一看就是急性子的人，还有人安然地睡着，不下车，当然可以为所欲为。

有雾的天，太阳总是通红通红的，很饱满，蛋黄似的，一副一触即碎的样子。播音员梦呓一般的声音响起，XX车站到了。

那个老太太肯定是第一次出远门，她已经回到自己的卧铺上，翻来覆去的，一会儿坐起一会儿躺下，总是很新奇的样子。邻座有的在谈打乒乓球——显然是几个运动员。另有一些人在谈论一些大事，谈毛泽东和邓小平，谈科威特和伊拉克，他们高声大气，好像掌握所有的底细。

　　中铺的女孩子躺着呆呆地出神，后来终于睡着了，睡得很安详，好像有什么事情终于想通了，放心下来；老太太也安心睡去，她发现四周并没有什么威胁，紧攥着她骨骼突出的黑褐色的硬实的手，手上戴着两个戒指，一手一个，黄色的，我无法断定它们的真假；邻座的球员们已经吃完了早饭，他们睡觉去了；谈大事的人已经集中开始谈伊拉克，那个声音洪亮的人仿佛是个导师，而另一个人很快谈起了孔孟之道，特别是他们忧心忡忡地谈起了教育问题，我感觉他们好像是一些教师。

　　也许不是，也许这只是我的错觉，他们也可能只是一些关心大事的人，因为这样的人越来越稀少，所以我们觉得奇怪。

在城里做农民

几年前,我选择了一处一楼带花园的房子买了下来,那时一楼的房价还比较低,而我喜欢是它带有花园。

许多人对一楼深恶痛绝,归纳起来,毛病有三:一是不安全,几乎所有住过一楼的人都有被偷过,或没偷成也被惊吓过的经历;二是潮湿。一到雨天,它离地面近,自然是潮乎乎的;三是下水经常出毛病。因为楼上楼下都用一个下水管,所有扔下来的东西都容易堵在下面,一反水什么味都有。要是堵了,一楼就更惨了。

我买的时候差不多走遍了全市,后来选中了万达小区。当然优点是避开了上述毛病:一,小区物业管理好,安全,每个屋子都设有防盗系统,保安也认真负责。二是一楼离地面高,而且做了很厚的防潮层。三是一楼有独立的下水,二楼以上不走这里,避免了下水堵塞的毛病。

从此,自己过上了城市里的田园生活。

开春的时候,我和妻子总要去很远的地方买一茬茬果树苗,我们不懂果树,总是今年栽上,第二年就死了。我就不得不从网上了解一下有关果树栽种、剪枝、喷药的技术,还得像果农一样亲自操作。

  树种活了，看着小苗茁壮成长，绿意盈盈的样子，妻子想象着果子成熟的模样，有些陶醉，我告诫她说，千万不要把那些果树当作自己家的。我们旁边邻居是一位老师，几年前也和我们一样，兴冲冲地栽了几棵苹果，待果树结果，老两口天天盼着望着，看着苹果一天天红润起来，成熟起来，喜不自胜。忽然一夜都丢失了，老教师痛心疾首地说，"37个就剩两个了"，从此一气病倒了。我对妻子说，咱可不能那样，咱们本来就占的是公用绿地，你就当自己是绿化了，人家没追究你就不错了。妻子想通了，不但不以为是自家的，有时候还主动摘些果子送给人家，我们栽下的果树上的果子反而不丢。

  我们还要一茬茬买菜苗，碰上哪一年气温不稳定，我和妻子还得一遍遍地去买菜苗，但我们乐此不疲，妻子乐观地说，我们就当买经验教训了。就拿黄瓜来说，我们是从早市上卖黄瓜的菜农那里买的，人家的黄瓜都开始上市了，我们家的还在地里趴着呢。一问，咱家没上肥。

  我还要经常上种子商店，上土产批发市场，去买锄头、耙子、锹、架条等等，像农民一样忙碌。

  呵呵，做一个城里的农民真好，很有成就感，看着那些小苗一点点成长，看着它们如何结出果实来，你就觉得时间虽然在一点点过去，但生活每天都是新鲜的。

儿子教的道理

我对路边递送的广告一直很反感,一般采取的态度是昂首而过,不睬。要么是摆手,不要。

一次和儿子上街,遇到递送广告的,儿子一律照收。儿子也是不看,走出很远,回头望了望,然后找个垃圾箱扔掉。

我觉得奇怪,问儿子,你收那玩意干啥?

儿子说,要尊重人家。人家很不容易的。

我说,不要就是不要。

儿子说,比如我就是干这个的,肯定老板是给任务的,我必须要送出规定的份数,这样我才能完成任务。

我说,关键是这样派送,也是对别人的不尊重啊。

儿子说,你要换一种思维,从别人的角度考虑。人家更不容易,在大庭广众之下,他要遭受多少白眼,特别是像你这样的人。

我说,那你为什么要扔掉呢?

儿子说,当然是我不需要,这些都大多是化妆品和楼盘推销广告,但不需要是不需要,我要走出他的视线才扔掉,一定要让人有尊严。

儿子说，我比较喜欢研究销售心理，推销的心理和消费的心理是不一样的。我把这也看成是一种推销，儿子侃侃而谈地说，他这样不看对象地派发，主要是为了完成任务，他需要你的接受，只要你接受了，他才有成就感。他也知道大多数广告的结果是进了垃圾箱，但他不能亲自送进扔垃圾箱。这你想过吗？

儿子继续说，我们都愿意从自己的角度和思维去考虑别人，如果我们换位思考一下，结果就不一样了，这就和你写小说一样，你写那个人，你就得站在那个人的角度去考虑问题，是吧？

我哦了一声。我从来没这么想过这个问题，儿子让我开了窍，真的，在现实生活中，在这样的小事上，我们真的很少这样考虑问题。

丢钥匙

"我的钥匙找不到了。"妻子经常对我摊着手说。

这种情况下,我总是不以为然,因为妻子的钥匙经常"丢",她的钥匙从来不丢在外面,而是丢在家里。

她的钥匙都拴在一个绿色的绳子上,平时她要么挂在脖子上,要么拿在手中,要么揣在兜里。品种呢,也都是自家门上的钥匙,并没有多余的。

每次她的钥匙找不见,她就说"丢"了。

于是,我在寻找之前先对她循循善诱、盘问一下——

你刚才去哪儿了?

我去院子里了。

那么好,我们到门口找一找。

果然在门口的鞋里,或者花盆底下找到了。

对于钥匙,她总是不看重,随手一丢,然后就想不起来了。我多次说过她这个毛病,可是毛病就是毛病,改很难。有,就几乎是一辈子。

后来,为了把握起见,只要是我们一起出门,她就随手把钥匙塞给我，我也就很义务地接过来，自认为放在我这里还是保险一些。

有一次，出门后她忽然想起什么，把钥匙从我手里拿过去，就在院子里忙碌起来。我在外面等她，她出来后并没把钥匙再交给我。那天晚上，当我们走步回来，钥匙再次找不到了，这次她理直气壮地说，我把钥匙交给你了。这次她才真的着急起来，如果是我把钥匙丢了，十之八九是把钥匙丢在外面了。而我清楚地记得，再次出门时她并没把钥匙交给我，我们立刻争论起来，争得面红耳赤。看着她激动又生气的样子，我也怀疑是不是我把钥匙弄丢了？

邻居家夫妻俩出来，帮我们找来手电，我们往屋里照了照，手电的光速迅速地掠过她平时喜欢放钥匙的地方：门口的鞋架、茶几、钢琴凳上，诸多我们想到的地方，都是没有。

我们只好去大小舅子家取备用的钥匙。把门打开后，妻子已经完全放弃了对钥匙的寻找，只顾在那儿埋怨我。我冷静地想想，还是认为不会丢。我找出自家的手电，想到院子里去看看。她虽然嘴上硬，还是抢过手电，说，黑灯瞎火的，还是我去吧。她边往外走边说，丢了就丢了，我明明是把钥匙交给你了。

我没吭声，心想，你还是找找吧。

不一会儿，黑暗中传来她欣喜的声音：郝大哥，钥匙找到了。

我闷闷不乐地问，在哪儿找到的？

她答：在窗台上。

第四辑

与读写和人物有关

葡萄架下的阅读

正觉得屋里有些闷，妻子出主意说，你到葡萄架下去看书吧。

真是个好主意，我拿起一本高尔基的《童年》走了出去。这书是前天早晨晨练时在龙潭山公园门前的地摊上买的旧书，书中收录了高尔基的《童年》《在人间》《我的大学》，都是高尔基的重要作品，才五元钱，就买了。同时还买了《北京青年现代诗十六家》，1986年漓江出版社出版，选录的人名字都很熟，花了一元钱把它买下。已经没有阅读的意义，只有纪念意义。那样一些诗人，那样一个时代，我曾经和他们一同经历。就是这样。

高尔基的作品我依稀读过，但那时候许多地方是读不懂的，也读不出感觉。现在许多人唾弃高尔基，认为是所谓的"革命文学"和"遵命文学"，其实我觉得不是，这些奠定他在文学史上地位的作品，都相当耐读。高尔基对俄罗斯民族的深刻洞察，对生活场景的把握和对小人物的描写，都令人叹服。他不愧为俄罗斯优秀的作家，他也无愧于世界文学之林。正如鲁迅一样，不管谁来贬讽，他依然是优秀的。反而是那些贬讽和损毁他人格和成就的人很快就遭人唾弃，成为历史上的小丑。

我们看文学的尺度在哪里？我们是应该以人类作为文学的背景，不管他们是什么出身，什么信仰，只要他是从作家的角度出发，对人类有深刻的洞察，有成功的、独特的、文学的贡献和摹写，我们就都要尊重他，崇敬他。我们可以不接受他的世界观，我们可以对他的看法提出质疑甚至批评。但只要站在文学的这个巨大的光环下，我们就应该对他们顶礼膜拜，保持应有的崇敬，这就是我的文学观。

没读几章，就能感受到高尔基的笔力，张弛有致的描写，众多人物的不断出场，从容不迫的韵致：那些大人孩子就那样跑出来了，阿廖沙的调皮，外婆的可爱，外公的可怕，都活灵活现。我就不怎么会写大的场景，对众多的人物总是照顾不过来。所以我一写长东西就觉得特别吃力。

忽然听到啪啪的声音，由小渐大，起初以为是有人从外面走过。渐觉不对，有凉凉的什么落下。想了想，可能是下雨了。正待起身，妻子喊了起来，下雨了。我慢腾腾地起来，我知道这雨一半会儿下不到葡萄架下。

从甬道上往回走，看到扑在台阶上都是巨大的（一般说是铜钱大的）雨点，并不密集，我从容不迫地走着，觉得让这样一个两个的雨滴滴在背上，其实是挺惬意的。我们拿什么和大自然交流，身体是最重要的部分，我们常常体会不到。

我小时候最喜欢站在雨里，感觉那雨浇在身上的急迫，越是下暴雨越是喜欢到河里去游泳。我那时在农村，父母在城里，爷爷奶奶从来没有阻止我们。我们还常常从河里捞回来上游冲下的土豆、角瓜什么的。我总觉得现在的孩子已经和自然生疏，他们喜欢大自然的角度和我们不一样，他们只是欣赏，而我们曾经是刻骨铭心的接触：那踩在脚上的牛粪，那树上吸引我们的鸟窝，那些草垛上的欢畅。我回到城里很长时间还不习惯穿鞋，总是舍不得，要放在手里拎着。总是在想，这么平平的马路，穿鞋不是浪费吗？

妻子在喊我，你傻呀，咋还站在那里？

我说，浇一浇舒服。

她说，有病。

我想，是有病，我们和大自然是相依相生的，如果到了渴望大自然的爱抚的程度，这不是真真的有病了么？

我看电影《梅兰芳》

我在电脑上看完电影《梅兰芳》,很长很长时间坐在电脑前没有动,屏幕已经黑掉,我依然没有动,我没有开灯,我就那样坐在黑暗里。

我不想出屋,我那时依然泪流满面。我不知道我要是出屋,怎么向爱人解释。

是什么触动了我,使我对一个陌生的时代,陌生的人物充满了理解和同情。我想以我的年龄和经历,轻易不会落泪的,可我还是哭了,而且几乎是从始至终。

是那一个个充满人性的对话和细节感染了我:

我喜欢梅兰芳和十三燕打擂之后,梅兰芳连妆都没卸就去看十三燕的举动(他时时对师傅抱有歉疚的心理),他们那感情复杂的对话,使我久久回味。

我喜欢梅兰芳的太太福芝芳和孟小冬第一次相见时的唇枪舌剑,从头到尾那么富有张力,让人体味到两个女人各自的性格和心计。福芝芳明知自己是必败的,但她是清醒的——所以她才能成为梅兰芳的太太——她说:他(梅兰芳)不是你的,也不是我的,他是座儿

（观众）的。

我喜欢邱如白对孟小冬最后的劝告，只有他才最了解梅兰芳，但是他却因此而常常被人误解——被外人，被六叔，被福芝芳，被孟小冬，甚至被梅兰芳本人。我喜欢孙红雷的表演，他简直把那个邱如白演到了骨子里。他仰天大笑，丢掉官位，果断跟随梅兰芳而去——他是跟随京剧而去，直到最后的落魄，最后的深深地误解，他都毫无怨言。我还喜欢他那句实际上是真理的名言：谁毁了梅兰芳的孤单，谁就毁了梅兰芳。

我喜欢围绕着梅兰芳之间的这些人物，他们的关系既复杂又清澈，体现着多么美好的情操啊！邱如白的执着，孟小冬的深明大义，六叔的不弃不离，这些都构成了梅兰芳生活中重要的部分，使他更加痛苦，更加生动，更加出色。

我很少看电影，如果不是儿子说要求我借鉴一些东西并提醒我在网上看电影很方便，我可能现在还不会看到电影《梅兰芳》。

但是，我现在要说，如果哪一天影院里演《梅兰芳》我还是要去，我想，电影还是应该在电影院里看的。

关于写作

写作是一种享受，许多人不能拥有这种享受，于是他们离开了。

写作是一种痛苦，许多人不能忍受这种痛苦，于是也离开了。

写作是一种磨难，在这磨难面前,许多人渐渐醒悟：我为什么偏偏迷上写作呢？世界上有那么多美好的爱好，我们为什么偏要喜欢这个劳什子？

我不知道别人，我曾经千方百计、三番五次地摆脱文学对我的诱惑，我喜欢这个喜欢那个，我曾经卖掉我所有的书籍和刊物，不和任何与文学相关的事情打交道，我以为我已经忘却了文学。我自己也没想到，当我五十多岁的时候，我又回到了起点——文学。

人来到这个世界上肯定应该有多种选择，每个人都希望发挥自己最大的潜能。谁也不会认为自己一眼就认准的那件事就是最适合自己的，但多年以后，我发现它还是最适合我的，尽管我当初是指望用它来做我通向人生和世界的敲门砖。这有点像婚姻，还是那个一见钟情的人令我有永久的向往和回忆。

我们几乎是绝望地在抒写自己的心灵，这个世界已经被书刊充斥，有那些名著，有那么些畅销书，你写给谁看？好像更多的是为了向内，向自己的内心，你还是为了救赎你自己。

说到底，文学是什么？文学其实就是作家对这个世界的看法，他是通过文学这个媒介，透过文字的长廊，建立起一个聊以自慰的显微镜和望远镜，客观上帮助人们透视和发现了大家一直熟视无睹的东西，让他们惊异于你的发现，让他们说，还有这事？让他们说，我早就看到了，还会有人这样想？

这就是作家要做的，作家的作品其实就是体现作家的思想，体现作家对这个世界的哲学思考。

我喜欢别林斯基的一句话：才华不是外表，不是娱乐，而是看到生活深处的能力。

"生活深处"，这个限制词太好了，太深刻了，但是我们有那样的能力吗？我认为许多前辈作家是有的，许多现当代作家也是有的。我以为萧红是有的，卡佛是有的，他们把那么平常的生活写得那么有滋有味，真的是看到了生活的深处，而我们只能在外面徘徊。我们有时候甚至是读不懂他们，只会在一边说三道四。

冠上作家的帽子不是什么好事情，作家好像也没什么特定的标准，许多人都是自诩为作家的。

你可以不被人们称为作家，但你可以像作家一样的生活，你可以把写作变成一种生活方式。这是你的自愿，没有任何人拦着你，尤其是在文学不景气的今天，尤其是文学已经毫不避讳地成了商品，我们还有什么不好意思呢？

其实，恰恰是这时候，可能意味着文学的偷袭会获得成功。

文学从来不需要坚守，你能写就写，你坚守什么？

文学也没有所谓的退却，没有任何东西能代替文学。

不要被这些概念迷惑，它们是飞向空中的鸟笼，自由的鸟儿为什么要去钻呢？

爱因斯坦的坦率

有人一辈子可能都被误读。

在一本杂志上看了一位德语教授写的《我的爱因斯坦》后，颇受触动和启发。

他认为爱因斯坦许多地方被世人误读。

说爱因斯坦被误读，许多人可能不信：这样的名人怎么能轻易被误读？

其实，从后来人的角度看，所有的历史事件所有的人，都有可能在某一方面被误读。

这里引述的一些话都是成名之后的爱因斯坦说过的——

A、（当荣誉排山倒海而来时）爱因斯坦说："命运的讽刺在于，人们给了我超乎寻常的赞叹和荣誉，其实我既非大恶，亦非大贤。"

B、（当爱因斯坦出生地乌尔姆市市长写信告诉他，将他的故居门前的胡同命名为爱因斯坦大街时）他致信答谢说："我知道有条街以我命名了。令我稍感安慰的是，我本人不用为这条街上出什么事儿负责。"

C、（当有人问他为什么能够发现相对论时）爱因斯坦解释说："为什么是我,而不是其他人发现了相对论?我想可能是因为我小时候是个智力迟钝的小孩。普通人对时间和空间的认识大都完成于童年,而我发育较迟,到了成年才开始思考时间和空间的问题。成年人思考小孩儿的问题,当然要更深一些,更成熟一些。"

D、(当他向青年人用通俗的方法解释相对论时)他说:"如果你和一个美女一起坐了两个小时,你会认为仅仅是一分钟;如果你在通红的火炉上坐了一分钟,你会认为已经过了两个小时。"

E、(当他的妻子罗爱莎给他写信,嘱咐他要注意健康时)他回信说:"我的日常生活是:抽烟像烟囱,工作像骡子,饮食无所顾忌不加选择,至于散步,只有真正有愉快的同伴才愿意进行,这样一来就很少散步了。不幸的是睡眠也很少有规律,如此等等。"

引述至此,每个人看了,都会觉得爱因斯坦说话十分幽默,妙趣横生,天才睿智。

这些看法可能是正确的。

但是,我认为,这里更多的是他的坦率造成的。如果他不是名人,你冷静地看一看,他说的无非都是大实话。只是放在他这里一说,就幽默了。

爱因斯坦是不是一个幽默的人,我不知道。但我知道他是一个认真坦率的人。

我想,还是世人一贯的毛病出了问题,领导或大人物说笑话是开玩笑、幽默,老百姓开玩笑就容易被说成是没正事,扯犊子!

名人讲的大实话,就都成了幽默。

但是,爱因斯坦肯定有幽默的一面,他在《我的信仰声明》的一句话让我震惊:"人类最美丽和最深刻的生命体验莫过于对神秘事物的感知,这也是宗教和所有艺术与科学更深探索的基础。……所谓宗教虔诚,就是感觉到我们生命体验的背后隐藏着我们精神无法达到的东西,其美丽和崇高我们只能凭借微弱的反光间接窥视。"

这不愧是大师说的话，即使多年以后，我们依然能够感到他对世界的洞察。

我认为爱因斯坦是懂得文学的，所以他有幽默的本质，他把实话说成了幽默，简单的表达成了有声有色的东西。或者让人感到了本质上的幽默。

能够提供这种"微弱的反光"的，我认为他指的不仅仅是宗教，也是科学和艺术所具有的功能。

在我看来，更是文学的功能。

坦率＋名人＋幽默的本质＝更大的幽默

也许，幽默的不是爱因斯坦，幽默的是我们。

半梦半醒之间

我总喜欢后半夜起来更新博客和写作,忽然就想到了"半梦半醒之间"这个词。

这个词不是我发明的,人家有歌,好像是歌颂爱情的。

有些朋友也倾向于我的那些散文和小说人物是半梦半醒之间的产物,感觉是在可遇不可求的状态下写成的。

其实,那自然很少是半梦半醒。我每次醒来都是因为躺在床上已经开始思索,开始神游,开始我的小说之旅,那些场景,那些人物开始活动起来,他们在逼着我起床,走到电脑前,而一旦坐到电脑前是极其清醒的。

半梦半醒只是一种形容,形容一种状态,一种我们写作者最渴望出现的写作状态。

我不喜欢白天写作,白天我们总是被干扰,被市声干扰,被窗外偶尔走过的人干扰,被妻子干扰(她在炒股,总要过来看看大盘变化,那些红红绿绿的数字我不喜欢),甚至被阳光、雨声干扰。心情常常突然变得很坏,很烦躁,很莫名其妙。不知道别人会不会这样。

只有夜深人静，我们才像鬼魅一样开始写作。

我觉得那些小说里的人物是适合在静夜中产生和走动的。

灵感有时候是在你精力最集中的时候光顾你的。

白天我其实是可以不去上班的，但是毕竟有工作，总得去单位走走，表明这个人还存在。

白天我还喜欢去和朋友喝酒（其实我酒量一般，我只喜欢微醺那种状态），偶尔也还打打小麻将，到书店逛逛，到我们的石友俱乐部转转，这些其实也是我们无法预料的生活素材的产生——它们原本在任何一个地方等着你，我总是充满了好奇。

白天，我还喜欢躺在沙发上看书，喜欢听妻子弹琴，喜欢听听风声雨声，喜欢看看自己院子里的蔬菜，和周围的那些李子、樱桃，它们是我和妻子的宠物。生活的情趣从何而来，那都是自己营造的。

白天，我做这些。

看来，我只能在半梦半醒之间写作了，但愿这种感觉使我保持着旺盛的写作状态（资源是永远不会缺乏的，因为我们的人生经历太丰富了，何况小说就是小说，它更依赖的是对现实的观察力和丰富的想象，这是写作的两翼），让我的小说就在静谧的夜里像水一样流淌出来。

白天定睛一看，那文字居然情浓似血，是对生活充满温情感动的血啊！

喜欢一个作家

喜欢伊恩·麦克尤恩，是因为读了他的小说《在切瑟尔海滩上》和《水泥花园》之后。

此前并不了解麦克尤恩，买《在切瑟尔海滩上》也完全是偶然，我当时不知道是什么原因，只看见它的封面就喜欢上了，我甚至根本没看它的作者，这也可以称之为缘分，我许多时候都是凭感觉买书。这个"海滩"实在是买对了，一抓到手就放不下。麦克尤恩的《在切瑟尔海滩上》是他的新作，2007年问世以来，据说在批评界和图书市场都反响很好。

《在切瑟尔海滩上》从开篇就直接把男女主人公推入到毫无悬念的尴尬境遇之中，而且直到结束，这种尴尬也没有任何的改观。这其实是很难写的。没有悬念的小说怎么写？怎么推进？请向麦克尤恩学习。

"他们年纪轻，有教养，在这个属于他们的新婚夜，都是处子身，而且，他们生活在一个根本不可能对性事困扰说长道短的年代。话说回来，这个坎儿向来不好过。"麦克尤恩开拳就打，一对儿新婚燕尔的夫妇爱德华和弗洛伦斯要在切瑟尔海滩的一家旅馆里度过他们的新婚第一夜。但是很显然，他们之间对爱的理解存在一定的误解和偏差，对爱德华来说，爱就是向对方袒露无遗，把自己的一切交给对方，自然包括肉体。而对于弗洛伦斯来说，她觉得她对爱德华的爱不是那种"又热又潮的激情，而是爱得温暖，爱得深邃，有时候像一个女儿，有时候又近乎母爱"，但是不包括性，不包括爱德华"进入"或者说"穿透"她的身体。她对性，甚至对诸如此类的词汇都有一种深深的厌恶。这就是他们新婚之夜的"坎儿"。麦克尤恩用了书中大部分的文字来描述他们迈不过去这道"坎儿"。其间穿插叙事了他们双方的家庭，一个是来自乡下的穷酸小子，另一个是来自都市的名门闺秀；一个学历史，一个研究音乐。他们的人生之路本来毫无交叉的可能，但一系列的偶然还是让他们相遇和相爱。而后这一切都随着新婚之夜面对性事的恐惧与尴尬，还没有成为事实的婚姻就戛然而止了。这么简单的故事能是小说吗？可它真的就是小说，那个海滩，那个平淡的故事。

《水泥花园》大概不算个长篇，从字数上它只能算是小长篇。但这恰恰是麦克尤恩的长处，他掌控了自己对这个世界的理解，不用太多的文字，用美丽的文字轻松揭示了一个艰难而充满迷雾的心理成长的界域：性意识萌动后的悖谬与反常、无意识欲望的错乱与偏执、不稳定情感的变形和权力欲的膨胀等等。

我其实对麦克尤恩的喜欢大概是因为他的文字，我一直以为好东西是不用怀疑的。但是，他的代表作《星期六》我买到手之后，实在是看不下去。我原来是打算把他的所有作品都买下来的，读了《星期六》之后我才知道，有些文学作品和翻译也是有关系的。

躺在沙发上看书

昨天早晨出去，看见绿色的草地上散落着一些黄的红的枯叶，单是觉得好看，并没有觉出什么，可是今天坐在屋子里，天是阴的，屋子里没有光亮，就觉得秋意浓了。

外面的雨还在下，小径上、葡萄架下都是雨滴。风摇动着远处的树，看得见叶片翻飞，却听不到风声，就更觉出了雨的粘腻，也许是这粘腻的雨把风声淹没了。

妻子是有先见之明的，她把那些过冬的大葱和土豆放在外面的葡萄架下，并给它们盖上了雨布。我想，至少目前它们应该是温暖而无忧无虑的。

躺在沙发上（我总是没有好的看书习惯）读桑老给我带来的书。书名有点耸人听闻：《喝自己的血——一位"思想高僧"的性灵小品》，作者是房向东。我承认它是一本好书，上海三联书店出版的，三联书店是老牌出版社，出的书肯定是好书。我喜欢他书里展示的智慧和幽默，喜欢他的率性，但我不喜欢他的过于尖刻。房先生是鲁迅研究的专家，时间长了难免有鲁迅的语感，有那种"一个也不宽恕"的劲头。我喜欢

《白丁与酸乳》《北大印象》《"守望者"龚明德》《徐兄建新》《诚实而沉默的人》《写诗的人》《杂色》等篇什。特别是《"守望者"龚明德》写得太好了，如果是我，会将其写成小说，其实房也是很有小说天赋的，他写的人物活灵活现。我喜欢他第一小辑里的东西，全部读完。读到第二辑就有点分神，所谓思想认识上的东西，见仁见智，不如人物来得真实。

外面淅淅沥沥的雨，总是提示着秋意的寥落，这种天气不太适合读这样激烈的东西的。读书有时候也需要环境和氛围，在读书上我不太难为自己，眼睛是自己的，心情更是自己的。

然后开始翻看海明威的《流动的盛宴》，眼前开始展现巴黎的繁华和肮脏，海明威那简洁的笔调让人舒缓下来。我沉浸在他描写的秋意中，我不知道为什么会对我正处在的秋天无动于衷。我想我是不是麻木了？

我喜欢他对女人的那种永远充满着激情和温馨的描写，他的描写总是让你心动："她非常俊俏，脸色清新，像一枚刚刚铸就的硬币，如果人们用柔滑的皮肉和被雨水滋润而显得鲜艳的肌肤来铸造硬币的话。她的头发像乌鸦的翅膀那么黑，修剪的线条分明，斜斜地掠过她的面颊"，其实他写了什么吗？没有。他只是用了一堆比喻，但他让我们浮想联翩。

那时，这个伟大的人正在巴黎的某个咖啡馆里写着他后来很有名的那篇小说《在密执安北部》，心里却惦记着眼前的这个女子——"我看见了你，美人儿，不管你是在等谁，也不管我今后再不会见到你，你现在是属于我的，我想"，他是不是不经意的就把这个女子写进他的小说里了？

我尤其欣赏他对小说的忠诚，"我每写好一篇小说，总感到空落落的，既悲伤又快活，仿佛做了一次爱似的，而我肯定这次准是一篇很好的小说，尽管我还不能确切知道好到什么程度，那要在第二天我通读一遍之后才会知道"。

看到这里，我会心一笑，这个既可爱又自信的小说家。

我承认我很快就陷进去了。

读书的选择

不管是谁,读书时都有一种选择。

我这个人,文学以外的东西不怎么看,看也看不下去。所以,我读书的视野极其狭窄,知识极其有限。相对来说,我对自己的创造和写作能力也不太看好。这个时代,要多学科结合、多知识融合的人才有前途。比如我看《达芬奇密码》,我就佩服得五体投地,我想这样的人才是天才。

即使是文学,我们其实也是有选择的。我以前最爱看阿城的小说,他只写了《棋王》《树王》《孩子王》等几篇小说,就牛哄哄地去了海外,把我等热爱他小说的人放在了一旁。后来喜欢刘恒、杨争光的小说,他们很快找到了新的职业,写电视剧,挣大钱去了。也是把我们扔在了一边。

于是,最近我又找到了新的替代——王祥夫小说。

王祥夫的小说我以前就读过,曾经不以为然,主要觉得有模仿的痕迹。后来得知他得了鲁迅文学奖,就特意买了他的作品,细读,不得了。他的这本书叫《愤怒的苹果》,书中收入他的八个中篇,篇篇都好看,于是我知道我缺乏的是什么了,我缺乏的是讲故事的能力,缺乏的是对生活本质的发现。

每个人的生活是不一样的,因此,它的表现形式也不一样。

我其实是喜欢他们把生活朴素化,平常化,随意化,凡是刻意的东西都让人生厌。搞文学的,没有一个人愿意被指为矫揉造作,真正能把东西写好的毕竟是少数,我们唯一的努力是,成为少数。

如果有一天,我的书也会成为别人的一种选择……

对我来说,这好像很难。

黄永玉的美丽文字

一直以为黄永玉是一个大画家（他当然是个当之无愧的大画家），尽管根本没看过他的画，甚至都不知道他画什么。

还知道，他是沈从文的亲戚，而且是表亲。

忽一日，在我所仰慕的杂志《收获》上，看到有他的长篇连载，曰《无忧河上的浪荡汉子》。心下想，一个画家凑什么热闹，还写长篇？进而想，《收获》也是，发什么作家的长篇不好，却用这么大的篇幅发一个画家的自传（我当时估计就是自传），那期杂志只看了几个短篇，那个长篇，一眼都没看。

其后的某一天，实在闲极无聊，就又把那个杂志翻开，也算有缘，顺便也看了几眼那个河上的汉子，这一看，不了得，拔不出来了，几乎立刻掉进了语言的陷阱。接着，找来我能找到的所有刊载他那"河"的连载，一溜儿看下去，我这才彻底折服了，敢情人家《收获》杂志的编辑不眼瞎，不盲目崇拜名人；黄永玉也不是个只会画画的，他是作家啊！

及至不久前的某一天，到朋友家打麻将，闲时我看到他的书柜里有一本黄的书：《比我老的老头》，就顺手拽了出来，又是一读放不下。也是巧,中途一朋友有急事,麻将不欢而散,我虽有些不快(因为刚开张就输钱了,哈哈),也只好夹着向朋友借来的书匆匆往家赶,回来窝在沙发上,就着急忙慌地看了起来。

这老头语言真是好哇,它的好,不在于有多么深奥,不在于有多么华美,而是质朴、极具个性化,是他自己独特的语感和语境,精髓而简洁,童心未泯,实话实说,却处处闪烁着哲理的光芒。这是洗尽铅华之后的老道文字,字字珠玑,句句生动。这是豁达的胸襟和人生况味,在他的笔下,那些消失了的老人心灵是那么美好,即使在人人自危的年代,人们也相濡以沫,真诚相待。尽管他们有这样和那样的缺点,但无疑是真诚的。

他写的那些与他交往过的大画家、大作家、大戏剧家,都是些在中国振聋发聩的人物,他写他们的俏皮、可爱,既写他们的弱点,也写他们的智慧。比如写钱钟书谢绝江青开会的邀请时的一段对话,颇有意味:

"四人帮横行的时候,忽然大发慈悲通知学部要钱先生去参加国宴。办公室派人通知钱先生。钱先生说:'我不去,哈!我很忙,我不去,哈!'

"'这是江青同志点名要你去的。'

"'哈!我不去,我很忙,我不去,哈!'

"'那么,我可不可以这样说,你身体不好,起不来?'

"'不!不!不!我身体很好,你看,身体很好!哈!我很忙,我不去,哈!'

竟然真是没去!这种铮铮铁骨,竟然隐含在淡淡几句话里,这不是智慧是什么?"

比如他写齐白石老人:"老人见是生客,照例亲自开了柜门的锁,取出两碟待客的点心,一碟月饼,一碟带壳的花生。路上,可染(指李可染)已关照过我,老人将有两碟这样的东西端出来。月饼剩下四分之三;花生是浅浅的一碟。'都是坏了的,吃不得!'寒暄就坐之后我远远注视这久已闻名的点心,发现剖开的月饼内有细微的小东西在活动;剥开的花生也隐约见到闪动的蛛网。这是老人的规矩,礼数上的过程,倒并不希望冒失的客人真正动起手来。天晓得那四分之一块的月饼,是哪年哪月让馋嘴的冒失客人干掉的!"

依我看,这个旷世的画家重礼数到了这个程度,无疑已经几近虚伪和迂腐。而在作者的笔下,却是带着欣赏的态度写了出来,而且写得很可爱。

还比如他写聂绀弩的一个细节:

"他会喝酒,我也不会,但可以用茶奉陪,尤其是陪着他吃下酒花生。花生是罐头的,不大,打开不多会儿,他还没来得及抿几口酒时,花生已所剩无几,并且全是细小干瘪的残渣。他会急起来,会急忙地从我方用手掳一点到彼方去:

'他妈的,你把好的全挑去了!'"

都到了骂人的程度,一般人肯定没有这样的胸怀去把他写得津津有味,充满感情,有人甚至会嫉恨聂的小心眼。但是黄不,黄就是以这样坦诚的心地去观察人,了解人,进而写出他们的全貌。

黄永玉语言上的出人意料,几乎俯拾皆是。比如他写画家陆志庠:"志庠兄死了。死了就死了,他已经八十多岁了,再活到一百岁,终究要死,又怎么样呢?"这里其实有愤懑,有不平,实是春秋笔法。

因为他接着说,"梵高活着的时候,巴黎艺术殿堂的尘埃而已;死后一百零二年的今天,声誉如雨中的棉花日重一日,一幅画近亿美元,当年让他有幸活在一幅画的价值里,退一步说,让他每天有两美元过日子的话,梵高一定会更加灿烂。"

这样读下来,他的寓意就不言自明了。

他写一个戏剧家只几句话,就给我留下了深刻的印象。

"当我第一次看到排演《草木皆兵》某个节场，主角殷振家那一举手，几句脆亮的台词，闪电的眼神，直把我的魂魄都锁住了。半个世界过去，印象如在昨天。"用"闪电"来形容一个人的眼神，我想都想不到。

他写陆志庠的性情，令人难忘。

"陆志庠喝酒之后才欢乐、忘我，甚至狂情；展览会上蕴藉有礼。受到赞美时眯着两眼，嘴角微翘，克拉克盖博的小胡子，妩媚至极。"

这种男人对男人的欣赏，简直让人心动，"妩媚至极"——对朋友的美好情谊，坦荡而又情切。这是只有心胸宽阔的人才会有的情愫。

还比如，他写一个明显有缺点的人，也是用了幽默的笔致：

"我养了几十只鸡，眼看着长大，司徒阳到赣州去主持一个话剧演出没有经费，商量卖了我的鸡借钱给他，拿走了钱，人也不回来，留下了我。""剧教二队撤退也经过了信丰，在县'社会服务处'住了一晚，我去看望他们，发现司徒阳已经'归队'，却绝口不提'鸡钱'的事。唉！这位老大哥！"

这里面只有小小的埋怨，并无恶意。这在我们一般人来说，是很难做到的。

黄老先生的语言是纯粹的中国式的语言，他明显地承袭了古典文学的真传，他的语句尽管也有文白杂糅之处，但用得非常得当，他的语言的留白，他的设问和自问自答，也常常焕发出神奇的效果。

黄老是一个当之无愧、有特色的作家。虽已年近九十，思维和意识都很清晰，这样的人永远年轻。

小说为缘

写小说,很难和商业挂钩,这几乎是人所共知的事情。可是,最近我却因小说和一家酒业公司结了缘。

某一天,久未联系的蛟河市委宣传部的何冰打来电话,说有一家酒业公司的老总要见我一下,我很诧异,问为啥?何冰笑着说,人家看你的小说了,要奖励你几瓶酒。

我一听,高兴了。这真是天上掉下来的馅饼。

我过去写过那么多的品牌,怎么没人理我?我一下子就猜到是什么酒业了,后来得到证实,他们的全称叫:吉林榆树钱酒业吉林市直供中心。

约了几次,我都是有事儿。通电话的时候,听着那个很年轻的声音,却是执着。他说:郝主席,我们一定见见面,这样吧,您在哪儿,我过去。我说了一个地点,不一会儿,他短信过来了:"郝主席,我已到达楼下等您。榆树钱酒行XX"。

我遂下楼,通了两次电话,确认对方。到了车上,他表明来意,说了背景。我这才知道,原来这件事儿还得感谢何冰,他订了全年的《小说选刊》,在今年的第三期上,他看到了我的《猎人的后代》中提及"榆树大曲"和"榆树钱"酒,因他和榆树钱酒业董事长是老朋友,特别熟悉,就把这件事和董事长说了。董事长特别重视,立即嘱咐吉林市当地经销商见我,并赠我以好酒。

这样,我无意中插柳,何冰好意牵线,就有了这意外。

小伙子虽说是总经理,其实很年轻,也就是我儿子那样的年龄。说起话来还有些腼腆,转达了董事长的问候,又替何冰说了一大堆好话,并表示让我继续关注他们,一旦有可能……呵呵,用一句网上时髦的话——你懂的。

小伙子细致周到,对人礼貌热情,我一见就喜欢上了。他用车把我送回家。一路上,我们唠了很多,我也借机会了解了"榆树大曲"和"榆树钱"的来历,得知榆树酒业的辉煌。

他赠我的酒叫"榆树壹号",是新研制的酒。回家细看,颇喜欢,我倒不是觉得这份礼品有多么贵重,而是觉得人家懂人情、重情义,要不,哪有这么送礼的?

我读过的史上最长的书《6666》

这部书,你只要翻开,就会爱不释手——尽管它厚得足以让你望而生畏。

它有好小说的一切因素。好的情节,好的人物,好的故事背景,好的人物关系。

它真是好小说!

第一部分,看得最痛快,简直行云流水。四个不同国籍的人,同时喜欢上了德国作家本诺·冯·阿琴波尔迪的著作研究,他们奔波于各个国家有关德国作家的会议,三男一女得以相识,并发生了许多故事(包括多角爱情故事),他们得意洋洋地尽享本诺著作带给他们的荣耀,但他们之中的任何人也没有见过此人。于是,他们开始寻找这个低调而少有人知道他生平的人,最终毫无结果。

我喜欢作家把四个人的关系写得既复杂又明晰,每个人的性格在这种错落关系里都得到尽情展露。我喜欢他的欲言又止,喜欢他的那些毛茸茸的细节。喜欢他的那些似是而非的奇特比喻和夸张——让故事飞翔起来。喜欢他的海阔天空,喜欢他的想象和悄然渗透的哲学及学术意味。总之，喜欢极了。

第二部分，写得过于沉闷，让我想到了卡夫卡和加西亚·马尔克斯，这个感觉很不好，尽管他与前两者不尽相同。第三部分，刚刚开始阅读，我就发现了一个有趣的问题，他居然写到中国。这让我很惊讶，也很亲切。

在第251页，他借"黑豹党"一个创始人成员的讲话中写道："我对他说，好吧，罗乌（人名），我没见过毛主席，可真见过林彪，他去机场迎接我们，林彪后来要害毛主席，在出逃俄国的路上，由于飞机失事死了。林彪个子不高，比毒蛇还狡猾。你记得林彪吗？罗乌说，他这辈子也没听说林彪这个名字。于是，我说：好，我告诉你，林彪相当于中国一个部长，或者党的副主席。我可以肯定地告诉你，那个时候，在中国没有几个美国人。甚至可以说，为基辛格和尼克松铺平道路的是我们。"

我估计，作家本人并没有来过中国，他只是根据资料对这些进行描写。他搞不懂林彪为什么当时会那么重要。而且这个"相当于"用得"相当"不是地方，他在这里只是和中国自身的官阶比较，就没必要"相当于"了。

美国黑豹党是六十年代美国一个活跃的黑人左翼激进政党，他们中的多位重要领导人都非常崇拜毛泽东，据说当时人手一本毛主席语录。所以，作家从主观上推测，如果黑豹党领袖当时来到中国，将能得到林彪的接见。但是，说林彪"比毒蛇还狡猾"，我估计还是受我国宣传的影响。

年龄和面相

从长春回来，赶上的是沈阳到佳木斯的动车，没办法买了个一等座。所谓一等座就是把人隔在一个包厢里，互相对坐着发呆。

我对坐的那个女人没话找话，她问我，你有六十吗？

我不怎么愿意回答，我过去遇到这样的问话，一般采取回避和含糊的回答：差不多。

现在岁数大了，也用不着隐藏了，索性回答，没有那么大。

女人眼里掠过一丝不信任。

我知道围绕着我年龄问题上的错觉由来已久。许多年前，我二十多岁的时候和一个朋友去南方，也是在火车上，一个川妹子猜我们的年龄，猜我三十七八岁，猜朋友四十七八岁。彼时，我 28 岁，他 36 岁。当我们据实相报，川妹子不由得哈哈大笑，说我们"出老相"（四川话，长得老的意思）。

年龄一般主要表现在面相上，我的面相的确有些老。和妻子上街，甚至有人误认为我们是父女，其实我们俩个人年龄只差两岁，不过是她保养得好而已，也可见面相的确重要。我妻子并不因为别人这样看而沾沾自喜,她说,他们净瞎说,你在我的眼里一点都不老。她还举例说,比如细看你的皮肤,没有皱褶,很有弹性。而许多人别看面相年轻,脖子那儿都堆成鸡皮了,还有老年斑。你就是有点拔顶,又不染发,显得。我知道她是为了给我面子,故意这样说。

我当年那位朋友自有一套理论,他称自己是"抗老型"的,说"现在看我老,是因为我先显老,以后你们会比我老得快,我就显得年轻了"。他现在已经退休,面色红润,很少白发,喝酒如常,谈话仍然充满了机锋,在同龄人里果然显得年轻,证实了他的预言。可我不一样,我年轻时就显老,到现在则愈发显老,这就让人沮丧,说明他的理论不是普适的。年轻的时候被人认为老还没感觉,真的老了,反而讨厌别人说老,这很怪。

日前和朋友聚会,座上的两个男人都比我大,同桌的女士夸他们长得年轻,他们自谦之后一律说自己不想事儿,表明他们活得开心、潇洒,不复杂。我除了心里有点戚戚然之外,心想,我也不是天天揣着一肚子心事的人,怎么就"出老相"呢?我想,这其实并不取决于个人的生活方式,这很可能是上天的造化。我们在电视里常常看到有些影星歌星明明已经很大的年龄,还显得那么年轻,他们的"年轻"让人起鸡皮疙瘩。我则喜欢陈铎,满头银发,一脸沧桑,人活到什么年龄就应该是什么样,而不能故作年轻。

老是人生之必然,无论你用什么办法,拉皮啊面膜啊什么的,面相总有衰老的一天,只有心态和心情不老,才是真的年轻。

照片上的日子

我不是个爱照相的人，但我们家却有七八本厚厚的影集，那里面大多是妻子和儿子的照片，以儿子为最，大约占了一半。

能够靠自己的能力记录自己人生轨迹最好的方法大概就是照相了。翻阅影集的时候，我喜欢看黑白照片，在那样的照片上我的许多弱点变得含蓄，比如皮肤黑，比如面孔轮廓不鲜明。还有一个重要的原因，就是我的那些逝去的日子，流走的岁月都在那些黑白照片上。面对那些照片，我仿佛面对一个陌生而新鲜的我：他面孔消瘦，目光纯真地望着今天日渐臃肿而无所事事的我，我有时候不敢面对那种直率的对望。许多次我拿出影集，拂去灰尘，辨识着自己的昨天，辨识着自己曾经有过的经历，曾经有过的朋友，总能感觉到时光无声无息地流过，心情极为复杂。一张拍摄于小学毕业时的照片让我久久难忘，那是些多么单纯而稚气的面孔啊！上面"沿着毛主席革命文艺路线前进"的题字带着那个时代的痕迹，我轻易地就能在那一群人辨识出那个个子矮小、穿着灰色新四军服装的大眼睛男孩就是我。我在那些英姿勃勃的郭建光、阿庆嫂们的身边，我也挺胸抬头，俨然自己也是一个英雄的战士。现在想来可笑。在整场京剧《沙家浜》的演出中，我充其量就是个跑龙套的。

那些照片上的人现在早已各奔东西了，只有极少数的人后来进了艺术团体，更多的人却在干着与当初的爱好毫不搭界的事情。但我相信，我们今天的爱好和性格里，都有当初的那样一种延续。即使现在每当我在朋友欢聚时唱歌受到夸奖时，我都忍不住要半真半假地说一嘴，咱小时候在宣传队混过！

最令人遗憾的是，那张照片上有一个我极为熟悉的面孔已经彻底地从这个世界上消失了，他还不到四十岁，正是人生中最美好的时光。不久前，我还从曾经摆放过他的巨幅照片的那家照相馆旧址门前经过，那里已经盖起一座新楼，恍惚中我还看见那幢有着许多小横格的二层小楼，楼下橱窗中他十八岁时的照片，那么年轻英俊，眼睛清澈透明，那是他刚到话剧团时照的，一直被那家照相馆挂在那里当样片。我们那时都年轻，过了这么些年，我才明白生命这朵花是美丽和脆弱的；我们所有的人都要加倍呵护自己的生命和青春，因为活着不仅仅是我个人的事情。

我虽然不喜欢照相，但我不拒绝那种在极其自然、极其有心情、极其有纪念意义的时刻留下几张照片。我也不反对妻子不厌其烦地整理那些乱七八糟的照片，她把它们分门别类地、秩序地放在一个个影集里。在未来的某一天，你于寂寞之中翻看它，就会看到许多过往的日子，或美好，或难忘，或痛苦，它们一帧帧地站在那里，标示着你走过来的足迹。

年龄·寿命

日前，去单位收发室取报纸，听两个人唠起单位的一位女同事去世，不禁唏嘘。

自从到了研究室，除了取报纸（因为还得评报），很少到单位来，就显得消息有点闭塞，竟不知道这个女同事已经去世了，也没有人通知。在我的印象里，她好像还不足五十岁，这样好的年龄就匆匆走了，实在是令人扼腕。

几年前，我们单位先后有好几个年轻人去世，一个是到哈尔滨出差，原就有心脏病，居然下水游泳，死于不知不觉中。另一个是我同屋的同事，才三十出头，刚刚结婚，还没有孩子，就得了癌症，挺好的同事，分到这屋里还没来得及碰头见面，就撒手人寰了。

我过去虽也常常听到这样的消息，那时年轻，以为路正长，对死亡之事儿还不太敏感，根本就没想过年龄或者说寿命的问题。

现在想来，寿命的事儿想也是白想，因为它总是让人摸不清头脑，没法自己把握，不知在何种情况下或何年何月何日走掉。就是说，生命是没法预计的，因为世事无常！

其实，生命就应该这样，也只有无常才显得珍贵。试想一下，如果我们知道自己可以无限期地活下去，那肯定糟了，无忧无虑，对生存会不以为然，我们会不在乎任何法律和约束，我们会没有紧迫感，也没有竞争意识，我们甚至不能发出活着是多么美好的慨叹。反正有那么多时间呢。

不，还是不要那样，那样的话，宇宙将失去时间的概念，我们将活在无限延长的虚空中。

还是请珍视生命吧！因为它对每个来到这个世界上的人都是无情和吝啬的，因为它只有一次。

人为的笼子

家住一楼,总是担心被盗,就想搞一些防范措施,这本无可厚非。

我们家住北大小区二楼的时候,就曾两次进了盗贼。第一次是在我们俩熟睡的时候,盗贼从窗户爬进来,摸进我们的卧室,翻了我的裤兜,拿走我的手表和兜里的二百元钱,然后又在厅里扫荡一番,所有的东西都被翻动,还丢了一地火柴杆。从门而遁,顺便穿走我的一双"老人头"皮鞋。这其实是我的分析,我这么分析是有证据的:一双大脚印子自窗台而下,出了门就没有了。让我们后怕的是,装修时放在窗台上的一把锤子也不翼而飞,估计那盗贼是拎着锤子走进我们卧室的,如果遇到反抗,后果不堪设想。好在那天我和妻子睡得呼呼的——她平时耳朵非常尖,那晚她洗衣服洗到了11点多钟(那时的洗衣机质量不过关,有时还得用手搓),又累又困,躺下就睡着了。我们事后还庆幸,亏得睡得死。

第二次进小偷,具有传奇色彩,是从前面窗户进来的。我妻子半夜把我叫醒,说好像有人撬咱们家阳台的门。我一听立刻惊醒,只穿背心裤衩,顺手抄起个凳子,打开灯,大骂着就跑了出去,想来也是虚张声势。毕竟是贼人，做贼心虚，还没等我看清人影，早已从来路仓惶溜掉。

这都是过去了，搬到新小区之后，摄像头、感应器什么的一应俱全，晚上安心大睡。不久，感应器出了毛病，找安装的厂商修理，人家很不情愿。及至物业换了，更是找不到人（人家是与原来物业公司签订的合同），那套防盗系统成了摆设。于是，妻子忧虑了，说要安防盗窗门。我一向对安这东西很反感，感觉被那些铁条封起来很像住在笼子里。抵制了很长时间，妻子进一步说服我，举例说这家那家被盗的现实，让我吃惊不小，于是同意安装。

安装之后的那天晚上，妻子再次把窗户大敞四开，复安心大睡。看着她放心地睡去，看着窗户上增加的那铮亮的钢管，我在想，人为什么一定要把自己放在笼子里才会踏实安稳呢？

死亡的预感

我再次看到我五十年前看到的情景——红色的厚厚的棺木，醒目地摆在冬日的艳阳之下。我听见唢呐的声音，粗粝而直抵人心；我听见哭声，那种撕心裂肺的哭声。我听见钉棺木的沉重的砰砰声，人们七长八短地喊着钉钉子的声音。

五十年前我才四五岁，我的太爷死了。我那时候几乎不明白死亡是怎么回事儿，大人把我放在棺材头上让我烧纸，我就有一搭无一搭地往前面的火盆里扔。后来，大人把我放下来，给了我一张饼，我就在人群里四处乱窜，和一些孩子打闹，直到被大人喝止。

我记起太爷的无疾而终。太爷那年八十多岁，去山上砍柴，走到东河沿绊了一跤，被别人抬回来躺在炕上，自此不动。他高声吩咐爷爷去报丧，并让奶奶和我去井沿儿为他刨冰，他说他活不过三天，他的心里热得慌，想吃冰块儿。爷爷没有听他的，照旧在屋里忙活；我和奶奶却不能不听他的，奶奶拿着斧子，我端着水瓢，我们去了井沿，砍回来满满一瓢冰块。太爷支起身子，很响地嚼着冰——这个情景我一直历历在目。

三天后，老人去世。

我自此认为人一旦活得年龄大，就有点神性。我常常想，太爷为什么能够预知自己的死亡？我曾经把这个故事讲给一些人听，他们也为我讲了一些诸如此类的东西，我想，这样的事情应该是有的。人类有许多事情是自己未知的。

这次朋友的老母，活了百岁，也是无疾而终。一百岁，跨越了一个世纪，可见生命力的旺盛和顽强。据朋友说，她也是有预感的，我想，她活到了这个需要遏制自己的时代，不可能像太爷那时候那样率性而为，啥都敢说。

现在濒死的人，大多数人会选择沉默，他们不去说，既怕孩子不信，也怕传出去会不好。因此，一些预感啦、死亡前的征兆和特殊体验啦就很少有人交流（好像也不合规矩）。这其实是有违人类扩大对自己的认知范围的。

人们抬着并不沉重的棺材（因为遗体已经火化），沿着积雪的山坡向上走。大家跟在吹鼓手后面，听着啼哭声，听着吹鼓手吹出的悲苍的曲调，一起往山上走。

我想起了鲁迅引用过的诗："死去何所道，托体同山阿！"

夜思

我发现,自己半夜起来,并不一定总是为了写作。有时候,就是在电脑面前枯坐,像一个十足的傻子。

大脑好像还没有从抑制状态醒来,不知道在思索什么,它一定还在困顿,还在游移。它使我一会儿打开网页,一会儿打开我的小说草稿。奇怪的是,我对凡是我写过的东西都厌倦。尽管那些东西曾经是从我的大脑中跑出去的,可是一旦它跑出去,变成了小说,我就不愿意再看它,我必须等到它跑得很远,远到了陌生的程度,我才有可能再看一看它。

在沉沉的暗夜里,我能偶尔听见有人走动的脚步声、关门声、咳嗽声,甚或是远处的火车声。我爱人如果半夜醒来,她会听到更多的声音,但她不喜欢半夜中醒来。我总是早睡早起,她总是晚睡早起。我的写作还没有尽兴,她就起来了,拉着我去锻炼,我不喜欢锻炼,她总要拉着我。

其实,每个人内心的痛苦都是别人无法理解的,即使你最近的亲人,因为恰恰是出于爱,你无法同他们进行沟通和交流,你只能让你自己去理解自己，你只能让你自己救赎自己。我们脚踏薄冰而若无其事，我们临渊一望而面不改色，我们表面坚强而内心玻璃一样脆弱，一点轻微的响动足以使它坍塌。

有时候我们坐在电脑前就是一种消磨，什么也不为。熬夜毕竟是挺费神的一件事情，其实我自己内心知道，我怕自己懒惰，我怕自己回到从前——把时间浪费在打麻将和杯盏交错之中。只有把精力预先消耗在这里，我才会在白天疲倦，如此说来，我又是在折磨自己。就是说，哪怕白天我再睡上一觉，我也要坚持把时间消耗在这里。这也许是个愚蠢的做法——对于一个严重的糖尿病患者，其实大可不必这样努力的。

文学重要？还是健康重要？生命重要？这对我永远是一个问题，也永远是一种悖论。

朋友培光

培光先生上周来电话，说想和吉林市的石友会一会，我说周日吧。

培光先生和我多年以前就是朋友，都写诗。他还兼着写散文和小说，出过厚厚的一本长篇。他是一个执着的人，不像我，三心二意，一有诱惑就脱离文学。执着于文学是要有定力的，培光先生小我两岁，也应该是五十了，他在省报工作多年，培养的作者遍布全省、不计其数。他一直很有人缘，所以他一来，就有作者要看望他。

我不知道他什么时候喜欢上奇石的，总之是时间不长，但热情很高，他这个人一旦悟上什么道，就想弄个清楚，这有点和我差不多。短时间内，他跑遍了松花石产地，迅速地和那些石友挂上了钩，而且看了一些书，对奇石也有些研究。

培光其实没怎么变，至少在我的眼里是这样。一头雄狮般的浓发，总是坐立不安，很焦躁的样子。我给他一叠石友写的稿子，我知道只有稿件和文字能让他有片刻安宁，他毕竟当编辑多年，有敬业精神。见到稿子不管好孬，看得都很认真，然后提出自己的意见。

我们是石友聚会，没有太认真的准备，我带了自家种的黄瓜、香菜，自家下的大酱，妻子还让我带上她早晨起来特意做的韭菜花。其他的就都让秘书长老陶操办了。我说搞点熟食得了，老陶不太同意，说省里的编辑来了，咋也得好好弄弄。他的好好弄弄就是要炖点牛肉。我没反对，其实我了解培光，他对吃不怎么上心，想当年他上我家，坐在炕上，大葱蘸酱，吃得贼香，我们这代人从小对吃穿就不讲究——也没法讲究，因为小时候我们也没什么好吃的，连生地瓜、生茄子、生辣椒都吃过，还有什么讲究？早晨锻炼回来，和妻子穿过早市，看见一个大人领着个孩子，走走停停，那孩子也就七八岁的年龄或者更小，父亲问，你吃啥？吃肉炒蒜苗不？孩子果断地摇了摇头。我对妻子说，看见没，现在孩子多牛，父母还要征求他们的意见吃什么，我们小时候父母可能连想都不会想，因为那时候没有选择，即使有选择，我们的父母大概也不会想到征求一下我们的意见。孩子那么多，养着都很艰难，还征求意见？能吃饱就不错了。话说远了，我说的意思其实是说，培光我们这代人基本上还是能够忍受些艰难困苦的。

上桌，我说了开场白，表示对省报领导的欢迎。培光也没客气，说了对我们这伙人的印象。除了我以外，他和这些人多数都是初次见面。我惊异于他的观察细致，毕竟是诗人和记者出身，能很快就说出对某个人的大致了解和感觉，都很准。这样一来，大家就不怎么陌生，就其乐融融，就向他敬酒。我想，培光有那么多朋友，这和他的快速融入也有关系。

培光也算性情中人，但没有不良嗜好，不抽烟，不打麻将，偶尔玩扑克，一般只和单位的人或者作者玩。还爱喝点酒，但喝酒要看有没有事情，也分人。

培光很重朋友情谊，当年我在连云港，人生地不熟，江苏是人杰地灵的地方，作家有得是。我想发东西都困难，写了一些苦闷的诗歌，写信给培光和现在依然在郑州的万鹏，他们都马上就发了，并给我以鼓励。特别是培光还特意来信约我继续写,让我心暖。

我们一般爱说,君子之交淡如水,这主要是指文人之间的交往。文人之间交往为什么"淡如水"且能长远呢?我以为,这主要是文人之间的交往首先是源于互相之间的佩服和倾心,否则也不愿意交往,更不会"淡如水"地维持着。

几十年过去,我们其实都变了。我对现在的培光的了解其实远不如陪着他来的那位作者。

可是我们曾经还是了解的,了解他的过去——因为我内心深处,永远映现着那个年轻时代的培光,这是什么也抹不掉的。

其实,这对他对我,就已经足够了。

上山

我们往山上走,没有什么目的。

朋友的山庄在山上,所以他对山很有感情。其实,人类好像对山一直有感情,最早的人类起源说,不是水就是山,类人猿大概是其中之一,源于山上。

我随着朋友往山上走,不久前还在桦甸的大山里转过,但感觉不一样。这里的山毕竟海拔低,景色还是单调。

正是中午,闷热,一路上有牲畜的粪便味儿扑来,还有青草的气息。从沟堂子往下看去,青翠的玉米,很旺盛很蓬勃的样子,玉米往下是池塘,池塘里养的是鱼。

我们继续往山上走,松树,一律的松树,这样的树华盖遮阴。以我现在掌握的知识,这样的树都是后栽种的。

路边上,有许多花,有石竹花、桔梗花。石竹是粉底白心,桔梗是蓝色的喇叭花形状。

朋友说,带着锹就好了,顺便挖点桔梗。

我说,我们就是走走,挖那玩意儿干啥,怪累的。

朋友说，一点也不觉得累，我早晨三点就起来铲地，那么一大片苞米地都让我铲完了。

朋友说这话时颇有些自豪感。我看看他，很是佩服，这么大的一个山庄，这么大的一片地，要是我，说啥也不挨那个累。朋友却自得其乐。

已经是第二次来朋友的山庄了，果然不一样。杏熟了，黄黄的，挂在枝头，很诱人。樱桃已经过季，还是满枝满枝的，太棒了，我和妻子边吃边摘，我们一直在夸，太好了。不知道这些樱桃要吃到什么时候去，估计只能是等它们自己落下了。

我还顺手摘了一些小柿子，很小很精致的柿子。红红的，吃在嘴里，口感很好。

猫依然可爱，可爱的让人不知道怎样去呵护，就不断地去摸它的身子，去摸它的毛，大热的天，人都恨不得像狗那样吐出舌头，也不知道人家烦不烦？它却还有心思舔我的手指头，可见很会来事儿，也可能顾及我是"外宾"。狗依然讨厌，就知道叫。妻子摘樱桃回来，它猛叫了一声，吓了妻子一跳。

朋友说，这狗挺有意思的。它天天被圈着，也挺难受的。

朋友说，有一天晚上，他听见狗叫，叫得很复杂。过去一看，狗多管闲事呢。

原因是猫抓了一个耗子，并不吃，而是玩。老鼠只要一跑，它就冲上去把它抓回来。由于猫太不以为然了，总是假装睡觉，老鼠一跑，狗着急了，就叫了起来，而猫却不慌不忙，轻松地把老鼠再拖回来。

第二天，朋友发现，老鼠死了。呵呵。

我们往回走，路旁有一些蒲棒，朋友折了，说送给我的侄女。

朋友很心细，却是一个真正的大老爷们，他让我感动。

为了纪念的忘却

鲁迅先生写过一篇题为《为了忘却的纪念》的文章,他写的是纪念朋友的,但那几乎是用血写的文章,是千古奇文,吾辈望尘莫及。

我借鉴这个题目,把它稍作修改,叫做《为了纪念的忘却》。

王栋,是一个北方汉子,一个豪爽而让人无法忘怀的人。

某一天,我的确喝多了,我从一个酒桌奔赴另一个酒桌。那酒桌上就有王栋,当然,在此之前我们就认识了,他曾在一次聚会上特意为我朗诵过他自己即兴创作的一首诗。他问我,你还记得那首诗吗?我说记不得了。他哈哈大笑,他说他自己都记不得了。

我奔到那里时,大家还是喝酒,不知为什么说起了石头,是不是吴宝吉先生说起的?肯定是他。他在我的家里看过我的石头,我还赠送过他一块石头。估计他是无意中说起的。可是,王栋同志听懂了,王栋同志悄悄地起身离席,在我们酒至正酣的时候,王栋同志把一块辽西鱼化石拿来,而那时的我已经大醉,谁给我送家去的我都不知道。

早晨醒来,看到那个鱼化石,问妻子谁送的?妻子说,不是你拿回来的么?昨夜的事情,已经混沌,全是酒的缘故。我拍着脑袋尽量想是从哪里开始，在哪里结束的呢？终于想起来了。两个酒局之间，还有个朋友送我一程，想想应该是他送我的。他刚刚从外地归来，我曾经送过他很贵重的石头，而他是回赠我。想明白了。第二天早上恰好在市场上碰到那位朋友，握着人家的手，隆重表示感谢。根本没看出人家的懵懂，人家说，大哥，应该的。应该的。

不久的一天，宝吉先生突然提及此事。说，你知道那个鱼化石是谁给你的么？我说，不是那个某某某吗？

宝吉说，什么某某某，是王栋。

我立刻惊讶，看着笑呵呵的王栋。原来酒醉的我张冠李戴，把感谢的话说给别人了。

我这人，记忆力总是不好。何况还有酒的麻醉。我连忙起身道歉，倒满了杯。这汉子，你谢他，就只能从酒上找了。

我深为遗憾，知道哪怕是小小的一点恩情，我们也是不该忘怀的。

酒友=久友？

我们常常把愿意在一起喝酒的人称之为酒友。在长久的喝酒生涯中，我得出的结论是，酒友其实是久友，长久的朋友。

为什么这么说呢？一般说，常在一起喝酒的人，是见识过朋友身上所有缺点毛病的人，期间包括偶尔争吵，甚至动粗。可是，他们还是要在一起，他们还能喝下去。许多不喝酒的人常常会觉得莫名其妙：为什么呢？不为什么，就是因为他们之间太了解了。在喝酒的场合下，有些过分的举动都能原谅。大家都会说，喝酒了。

仿佛喝酒是个遮羞布，拿它盖什么都行。但有时候过于失当其实也是不行的，比如涉及道德底线的事情，是无论如何也不行的。

喝酒的人愿意与喝酒的人在一起，比如野游，比如出差，都是愿意往一个桌子上凑。

酒友经常约酒友，这就让妻子们不理解：你不是昨天还和他在一块喝么？怎么天天在一起？

还真就是怪事，就是愿意天天在一起。而且是喝着喝着，不是叫来了这个，就是引来了那个。还有的，起身去赴了另一个酒局，说等我啊，一会儿回来。其实是回不来了，还有可能把这桌的人都叫走，去了那边。但有时你真要等，还真就回来了。醉醺醺的，已经不行了，嘴里还不服，喝。这就指定是喝高了。

喝酒的人愿意把自己喝醉。喝酒喝醉了，很少是互相拼醉的，因为凡是敢拼酒的人都是酒中高手，自己清醒着呢。而真正醉酒的人，都是自己把自己喝醉的。常常是，喝着喝着，就醉了。有的趴桌就睡，不一会儿醒来，若无其事，接着喝。也有的喝好了，鼻涕一把眼泪一把的，好像受了天大的委屈，拼着命和你倒苦水。酒后你跟他提起，他打死也不承认。在酒桌上，常常清醒的人是不怎么招人喜欢的。世人皆醉我独醒，这比较别扭（女人除外，我对女人从不怎么强求），我是不愿意找这样的人喝酒的。

实际上，醉酒的人别看醉了，一般都能找回家。醉酒的人其实就是比较犟，好面子。你越说他他越不高兴。你不理他没事，指定能找到家。反而是有人送的时候，迷路了，找不着家了，那是因为他思想上放松了。

酒喝多了，出笑话的时候就多。我一朋友，酒喝多了，回家上楼，敲门，没人应答。使劲敲，依然没人应答。心下生气，这婆娘，居然不给开门。这还了得？借着酒劲（要不说酒壮英雄胆呢），就用脚踹了起来，咣咣咣，踹得满楼震响，要不说这个时代的人都有些麻木，就这么踹，楼上楼下兔子大个人都没出来。仔细看了看，有点不对，墙上的电表箱子啥时候搬到左边来了？这就有些清醒了，赶紧下楼，出门一看，吃了一惊，彻底清醒，原来这不是自己家的楼，是自己前面的那栋楼。他边走边后怕，亏得这家没人，要是有人还不得挨大巴掌？我另一朋友，酒喝多了，晚上起来，直奔厕所，闭着眼就畅快地尿了起来，他妻子大呼，你往哪儿尿呢？打灯一看，是拿立柜当厕所了。更糟糕的是，早晨起来，儿子气呼呼地喊，我的书包咋湿了？他过去一看，又是自己的功绩，书都给泡了。

不过，话说回来。酒友真的常常是久友。道理不言自明，只有经常在一起喝酒的才能成为酒友，而真正能够不离不弃，还不是久友么？如果不喜欢，迟早都要相互淘汰的，而那些不管任何时候——你顺你逆，你高你下——都能还想起你，还能坚持坐下来和你喝酒的人，肯定就是一生的朋友了。

哦，我的酒友。

在 4S 店里

我没有汽车，对有关于汽车的许多劳什子当然知之甚少。

一天，和小舅子去长春，见识了一把 4S 店。4S 店是什么呢？免费为大家普及点汽车常识，4S 店是集汽车销售、维修、配件和信息服务为一体的销售店。4S 店是一种以"四位一体"为核心的汽车特许经营模式，包括整车销售（Sale）、零配件（Sparepart）、售后服务（Service）、信息反馈等（Survey）。4S 店是 1998 年以后才逐步由欧洲传入中国的舶来品，由于它与各个厂家之间建立了紧密的产销关系，具有购物环境优美、品牌意识强等优势。

小舅子的车是雷克萨斯，很漂亮的车型，但我不喜欢它的颜色，我知道我喜欢不喜欢没有用。小舅子对我很尊重，每换一款新车，必定要让我坐上他的车，拉着我四处转转，甚至还要去很远的地方去吃一顿饭。

我其实真正用他的车很少，这次我因为到省作协办点事情，想用他的车。他说，正好，我也顺便到长春的 4S 店去保修一下。

省作协的事情办得很顺利，然后我们去了那家 4S 店。一进院子，就有人主动过来，问要做什么事情。因为是事先约好的，就先去检修。

人家问吃没吃饭，小舅子答曰，吃了。我说，这地方还管饭？小舅子说，咱要是没吃，就管。进到大厅，雅致的桌椅，旁边有书报架，架上放着几本休闲刊物。往里望去，隔着玻璃能看见宽敞的检修车间，只有两辆车停在那里，很冷落的样子。小舅子喊我上楼，我跟了过去。沿着过道，摆着许多高档的东西，我看了看。墨镜，1668；剃须刀，2888，都是带八的，贵得要命。

到了楼上，门楣上写着"按摩室"，我很奇怪，这里还有按摩室？小舅子还敢往这里领我？疑惑着走进屋，却原来是两个自动按摩椅，躺下，有小姐走过来讲解几句，很简单。看见旁边有耳机，拿来戴上，摁了几下，果然有音乐飘了过来。自动按摩椅也发挥了作用，全身上下这通忙活，好像真人似的，很舒服，竟有些飘飘欲仙。看小舅子那边，早已经发出了幸福的鼾声。

忽觉肚子不舒服，就有些痛苦，估计是中午喝了一瓶凉啤酒所致，要不人家小舅子咋没闹肚子呢？自己去找厕所，小姐玉指一指，喏。看见了，进去了，有点茫然，这厕所，太好了，太豪华了。打开座便，有点找不到门路，解决完了居然找不到冲水的地方。看前面，有一个控制器，英文是指定不认识了，上面的图标又莫名其妙，都是对着那个部位冲的，不敢试验，也没敢冲厕，就悻悻地出来。本来想问问小舅子再做处理，见小舅子依然在睡，不好意思打扰，也怕小舅子笑话自己老土，就悄悄上了按摩椅，不再声张。

大概过了一个多小时，工作人员来喊，完事了。同时那个工作人员就向小舅子推销一种什么东西，两千多元。小舅子砍价，砍到2200，就又安装推荐的东西。小舅子说，这车买的时候花了五十多万，零七八碎的现在得有六十多万了。我说，一般人养不起啊。他说，再贵了我也养不起了。

他领我到楼下看他喜欢的一款新车，那车是八十多万，我估计他心里指定是又刺挠了。

人要是有钱，还是痛快。有钱的痛快，服务的更痛快，那个2200元的什么东西只几分钟就安装完毕了。

没带钥匙

雅民来电话,让我去喝酒。

我其实中午已经喝了,下午小憩一下,还顺便看了迟子建发表在《收获》上的一个中篇,没看完,但感觉很好。我这个人就是这样,喜欢就是喜欢。我绝对不会因为对《额尔古纳河左岸》的不喜欢而冲淡对迟子建的喜爱,好东西就是好东西。我不是喜欢她的人,人我连见都没见过,我冲作品说话。

我本来不想去,酒对于我来说,喝第二顿就是痛苦。雅民来电话我不好拂他的意,这有些来由。当年,刘雅民和刘闯义在吉林市并称"吉林二刘",都是狂热的诗歌爱好者和年轻才俊。他们对我都很好。他们一胖一瘦,一个粗犷,一个谨慎,都是年轻有为的团干部。其实后来我才知道,我和雅民还同是铁路子弟,同校,同是《沙家浜》剧组成员,只不过他出道比我早,他年级比我高,演出的级别也比我高,他曾经演过刁德一,是主角,我是跑龙套的,只偶尔客串过沙四龙。

那些年,我和二刘关系非同一般,我的婚礼甚至都是他们给操办的,我至今还清晰地记得,二刘往我和妻子的头上扔"五谷"时的情景，他们使劲地扔，给我的感觉打在头上像砂粒，很疼。但我一直幸福地傻笑着。那时候婚礼一般都是在家里办，我还记得某朋友的即席朗诵和某朋友送我的《安娜·卡列尼娜》，它们都在我温馨的记忆里。

但时间使许多东西淡了。

不久前，一次大连之旅，雅民和闯义委托我为一家旅行社做一小文，条件是我可以免费随团旅游。其实，这是一件很尴尬的事情。这个团，最初我妻子就动员我去而让我拒绝了，可是雅民一说，我就不好意思了，我在酒桌上慷慨激昂表了态。我已经很久不写这种命题作文了。我知道也能感觉到，雅民在我之前是和那个胡经理拍了胸脯的，我不敢怠慢，我觉得我对雅民好像有一种愧疚，这么多年不联系，人家对我依然。他做团市委的干部，做人大常委会的处长，经历了许多我没经历的事情，我们已经有些陌生，我想做一点弥补。

我们同车前往大连，玩得很高兴，我们没有感觉到岁月对我们的侵蚀。我特别想说，雅民的那些同学都是很淳朴的，他们一路上照顾我像小弟弟一样，他们接纳和喜欢我，这让雅民很高兴很有面子。

今天，是大连之行后的头一次聚会，他们所有的同学都想到了我。雅民在电话里说，你所有的哥哥姐姐都想你，我看你来不来。

我说，一定去，等着我。

我这个人好冲动，我急急忙忙地走了，忘了我答应妻子下午不出去（妻子下午去合唱团练歌，她们八月份有广场演出），所以她没带钥匙。

我正喝得高兴，电话来了，妻子说：我没带钥匙。

我对雅民和大家说，不好意思，我先走一下，我妻子没带钥匙。

雅民笑着说，小说，你写过的，就是小说。

我说，真的，不是小说，她真的没带钥匙。

雅民说，越说越像小说。

我说，雅民，我真得走了。

雅民说，行了，今天你这小说，我们认了，以后你可别总跟我们编小说。

我知道雅民是在和我玩幽默，我知道他们不希望我此刻离开。但我突然想到，人生其实真的有许多小说的成分。

但是，钥匙令我毫无办法。

同学归来

从饭店里走出来,我才发现,外面下雪了。

是雨夹雪,这是我们这个城市的第一场雪。好像大家还没有准备,雪就来了。

中学同学林柏梁"不远万里"从白求恩的故乡加拿大归来。同学招待他,我们这十几个人只是作陪。

林同学是我们的中学同学,不在同一个班,那时候还叫"连",他是连长。他人长得精精神神,干净利索,个子不高,说话嘎巴溜丢脆,站在前面很有样,我一直记得他用大喇叭训我们的样子。

下乡的时候我们在一个公社,还有演阿庆嫂的李波,我们都同在一个公社,那个公社有一个很怪的名字叫"一拉溪公社"。

从农村回来,我们各奔东西,林柏梁去了化公厂,"阿庆嫂"去了自来水厂,我则考了大学。但这不影响我们来往。林同学那时在吉化公用事业公司当办公室主任,后来自己领办一个毛巾厂,是个很敬业的人,他的毛巾卖得也挺好。再后来,他找了一个新的妻子(他原来的妻子因病去世),这个妻子是懂英语的,这个妻子喜欢英语国家,要去加拿大，林同学就也随着去了。送他的那天，大家都说了许多祝福的话，我却在心里想，以林同学的知识结构，恐怕到那里是要遭罪的。两年前他回来一趟，明显见老，说到深处，眼睛里有些暗淡，那之前还偶有电话，大家大致知道他的生活，不很如意，也不很不如意。这次回来，我看是更不如意了。头发大多已花白，脸瘦削，神情凝重，说起加拿大，他说那里明显能感觉金融危机的影响。他说，你们这里看不到影响啊？我说，我们这里没啥感觉，可能搞经济的能感觉到，我们这些人比较麻木。他说，加拿大饭店比这里萧条。我说，中国人就是能吃，饭店啥时候也不萧条。我问他在国外做什么，他说和妻子开办一个培训学校，他帮着做做管理。看着这些大多已临近退休的老气横秋的同学，不是谈孙子孙女，就是讲保健、锻炼身体什么的，他感慨地说：你们没有生活的压力啊。

是啊，相对来说，他还是有压力的。他买了二百多平米的别墅，他要还贷，他每天都有压力。他说，加拿大的银行不讲理，三个月你不还贷就封你房子。我估计人家还是讲理的，只是他感觉人家不讲理。

我们这些人祝酒的时候，都兴高采烈的，说的话听着都有些不着边际，我看到了他眼里的泪光。

在门口，我们拥抱了一下。我小声对他说，不行就回来吧？

他说，现在没办法，岁数大点再说吧。估计六十多岁的时候，我会有更多的时间在国内。

看着他走上车去，我觉得他的背影很孤单。

父亲的留声机

那个周日,我去母亲家,正赶上母亲在家清理旧物,不知怎么就把那台留声机给拽了出来了。那应该算是父亲的遗物吧,因为自从父亲去世后,我们家再也没有响起过它的声音。我望着那东西,有些纳闷,父亲去世已经这么多年了,母亲为什么没把这个既占地方、又不实用的家伙扔掉呢?

我当然知道这是父亲的心爱之物。据我所知,这台留声机是六十年代初买的,我那时候还小,不怎么懂得欣赏音乐,只是看了它觉得好玩和神奇。现在想来,父亲当时也是个很时髦的人,他梳着分头,穿四个兜的衣服,衣服上总别着一管钢笔,脚下穿三接头的皮鞋,常年铮亮——那时候干部都那样。他喜欢工艺品,喜欢养金鱼,鱼缸子是自己用贝壳一点一点粘起来的,拥有一辆让外人羡慕的蓝色飞鸽牌自行车。家里的许多东西都是很洋气的。文革时,有人批我父亲有小资产阶级思想,估计就是源于这些。

父亲买的留声机,是那种上面有着透明的有机玻璃盖的便携式留声机,很轻巧,打开后,上面只有一个转盘和唱针,放上唱片,把唱针搁上，它就咝咝地转动起来，响起依依呀呀的歌声。那些唱片都是老歌，《夜上海》呀，《玫瑰玫瑰我爱你》呀，《桃花江》和《夜来香》什么的，都是软绵绵的歌曲。有一首歌我特别喜欢，是一首男女对唱的歌曲，开头是这么唱的："小姑娘啊小姑娘，什么花儿好，什么花儿香？"男生唱得软绵绵的，女生唱得更婉转如莺，可惜我记不得后面的歌词，至今也不知道这首歌的名字。父亲还喜欢听当时流行的广东音乐，我现在还约略地记住一些名字，《雨打芭蕉》《步步高》什么的。

我觉得我父亲其实也大多是听不懂。他喜欢在晚上没什么事的时候，打开留声机，然后自己坐在家里唯一的、破旧的藤椅上，一边抽着烟，一边听着音乐，瘦削而被熏得发黄的手指，轻轻叩击着藤椅的扶手。逼得我们大家也不得不跟着他欣赏。

文化大革命开始那会儿，破四旧，父亲整日忧心忡忡，在某一个夜里用布把留声机包上，偷偷摸摸地送到了我大姨夫家（大姨夫当时是单位的造反派头头），躲过了红卫兵的搜查。后来，当大姨夫把留声机和那一摞子唱片送回来的时候，父亲十分高兴，他热情地留大姨夫在家喝酒。酒后，他捧着那个留声机擦拭了好多遍，好像老友重逢，恨不得挨着个儿把那些唱片听一遍。要不是后来母亲生气，他肯定会听上一宿。

后来，收音机普及了，录音机普及了，父亲的留声机就显得无用，甚至多余了。父亲抱怨没有地方去买唱片，因为磁带太简单了，新的歌曲层出不穷，谁还不识时务地生产那笨重的旧唱片？父亲留声机的地位渐渐下降，原来放在皮箱里，摆在显著的位置——我们家的写字桌上。后来，被母亲用布包好，塞在床下。只有父亲还常常把它搬出来看看，偶尔擦拭一下。父亲去世后，我以为它早就被母亲扔掉了。

可是，母亲对父亲的遗物相当珍视，她把它和那一摞子黑胶唱片依然完好地保存着，还是放在那个皮箱子里——那个皮箱子几乎也可以做古董了。

那天，我看着母亲认真地擦拭着那个留声机，就说，扔了算了。

母亲说，怎么能扔呢？那回有个收破烂的，给我七十块钱我都没卖呢。

我说，嗨，啥用没有的玩意儿。

母亲说，你可说呢，它虽不是什么贵重的东西，可它是个念想。不知为啥，有这东西放在家里，我心就觉得踏实。母亲接着絮絮叨叨地说。

哦，念想？我心头一热，我当然明白母亲说的意思，那些物件可不就是一个念想。

但我同时又想，我们这一代人以及我们的后来人还会这样吗？谁还会拿着至亲留下的东西当做念想呢？

大舅的地质包

现在的人,对双肩挎包,已是司空见惯。

可是,在七十年代末期,当我看见大舅背着的双肩挎包——地质包,却是觉得十分新奇。当时是文革后期,到处都流行那种军绿色的挎包,兜盖上绣着"为人民服务"的字样,学生上学也背那样的书包。

大舅是从延边一个叫福洞的地方过来的,他风尘仆仆,常年在野外工作,脸晒得跟非洲人似的。他穿着地质队的蓝色工作服(洗得,要么就是晒得发白),背着那个兜子,正是冬天,他的脚上穿着一双翻毛皮鞋(那双鞋也很独特,是他们地质队发的)。我记得那一年,是母亲为他介绍对象,女方是我们后院平房一家姓陈的姑娘。

大舅神奇的兜子引起了我的注意,大舅从兜子里掏出许多东西,什么狍子肉、朝鲜族榨菜、辣白菜,晒干的蕨菜、木耳、蘑菇,一包一瓶地摆了一床,我惊讶他那个兜子居然能装那么多的东西。而且,那个兜子的造型也十分特殊,它是用帆布做成的,四个角各包着一块黑色的皮子,带子上也包着皮子,挎在双肩上很威武。

大舅看出了我羡慕的目光,说:将来发新的,给你弄一个。

我并不知道那兜子很不好弄,当即表示感谢。

那次介绍对象没成,大舅后来去了贵州,事情就好像那么结束了。

忽然有一天,从贵州寄来个包裹,爸爸取回来一看,居然是大舅给我寄来的地质包,崭新的,还附了大舅一封信。大舅在信上说,我答应给二炜一个地质包,我们虽然常年在外,可是包是领一个交一个,原则上是不允许往外流失,没办法,我冲一个退队的老队员手里买了一个旧包,才换到的。这么长时间才办成,挺对不住二炜的。

我看着那个包,泪忽然就下来了。

其实那时,我已经下乡插队,农村繁重的体力劳动早已使我把这件事情忘记了。认真诚恳的大舅在那么紧张的工作中(他常年在大山里奔波,为国家找矿),居然还记得他的外甥、一个中学生的小小愿望,不能不令我终生感动。

多少情爱在其间（代后记）

1

2012年11月27日对我来说，是一个黑色的日子。那一天是星期二，本来我和妻子晚上要去杭州中国作协创作基地疗养，票已买好，东西也收拾好，就等着走了。可是此前我答应了市作协一个会议，会议是上午开，我晚上走，反正也不冲突。没想到，这就铸成了大错。

正当我发言的时候，突然失语，说不出话来，我意识到我出毛病了。大家也感到我出了毛病。那里边有两个有经验的人，他们说：别动，叫救护车！有人掏出电话拨了120，救护车很快到了，人们遵从医护人员的安排，七手八脚地用担架把我抬到车上，车呼啸着开出市委大门。

有人问，送什么地方？

有人不确定地说："送中心医院吧。"

"那好，中心医院。"这个人确定地说。

这显然是医护人员对司机说。那个男的医护人员给我一片药，命令我说，含在舌头下面，不要咽下去。

我躺着，神智却十分清醒，我看着老边、高寰和江北等送我的人一脸焦急的样子，也感觉很难受。

车很快开进医院（我在车上感觉不到时间），接着是一阵有秩序的忙乱。我看见妻子和大小舅子也来了，我想起来，我在会场上发生问题那会，还知道用左手写下家里的电话号码和"脑血栓"三个字，我当时认为自己得了脑血栓，是老边在一旁迅速地通知了我的家人。

先是做脑CT，然后量血压，我听他们说我血压高压达到235，自己也吓了一大跳。再然后挂上吊瓶，被送到某一层楼的走廊；然后就是等待。

我看着一些闻讯赶来的朋友走马灯似的走过，我仿佛是在梦中。他们好像在瞻仰我的遗容。

管他呢，反正我还活着，而且头脑清醒。

2

经过多人斡旋（他们分别是：报社的总编办主任小籍、文联的王主席，以及曲静），总算有个病房了。吴宝吉等人正好在此，帮着把我安顿下来。

病房极窄，四张病床，科学得很，仅能通过一张担架车。

病床的床号依次是这样的：14、15、16、39，我住的是39床。开始我匪夷所思，怎么能这样排列？后来我弄明白了，每间病房本来是三张床，这39是加的床，是每个屋都加了床。想想医院有医院的难处，就这，走廊里还躺着不少病人呢。

我进屋后，科主任曹主任和主治医生一起进来，问："叫啥？"我回答："郝炜。"又问："多大年龄？"

我纳闷，这咋像审问似的呢？

接着用专用小手电翻开眼皮照照。

后来我才发现，这几乎是每天查房必问之话，主任问，医生问，护士长也问。最后我跟护士长开玩笑说："都好几天了，你还记不住我的名字啊？"

开始的几天，告诉让平躺着，不让翻身，很难受。一天十几个吊瓶，你根本不知道给你打的是啥。管它啥，反正是救命的，我只管不分昼夜地呼呼大睡。

好多同志来探望和慰问——宣传部部长、文联主席、文艺处长、报社总编，还有一大堆文友和报社同事……这回，我可算出大名了，这回，也让我真的感动了。

我躺在病床上头一回思索这样一个问题：我何德何能惊动这么些人？

这恐怕是要思索一辈子的事情。

3

没人不以为躺着是一种享受，可是让你以一种姿势躺上十几天，或者几十天，你就几乎觉得这是一种刑罚了。

我就处在这种刑罚中。

鼻子被插上氧气管，身上也沾满了各种管子，胳膊上绑着血压计，旁边是监视器，那是血压、心脏、血氧监测。你正在被一级护理，不断地有护士来测你的血压，量你的体温，询问你一些事情。头上仿佛有打不完的药，我只记得有小牛血、甘露醇，因为好记，还因为这两种药数量用得频繁。每换一瓶药，护士都要说出药名，并反复问你：郝炜是吗？是郝炜吗？你就要反复回答，是。

进了医院，你就要被医生和护士管理。没办法，即使他们把你当做小学生和白痴，你也不得不忍受，谁让你是病人了？

4

介绍一下我的三个病友吧。

14床：脑出血，开颅手术，81岁。我进来以前就昏迷，我进来以后也一直昏迷。他一直是一级护理，除了我上述享受的那些，他的嗓子部位还被切开，随时吸痰。老爷子就那样呼呼长睡，弄得他那5个儿女、俩孙子轮番跟着遭罪。

15床：我进来时，因为脑瘤开颅手术，很快就转院了。补充进来的一个是脑出血开颅病人，60岁，第二次复发。第一次得的时候，是45岁。据说他既不爱说话，也不爱锻炼，就是爱喝酒。我觉得不对，他为什么总爱伸胳膊撂腿的呢？他爱喝酒可是真的，会说话后，天天和他儿子要酒。

16床：脑出血，开颅手术，48岁，是个女的。她的儿子、儿媳妇来护理。她叫魏桂芝，每次医生都大声地冲她喊："魏桂芝！"给我印象最深的是她的儿媳妇，很孝顺，叫妈叫得极甜蜜，以至于我们屋里所有的人都以为是她的姑娘。这姑娘很胖，还爱笑，无端地笑，这就使病房里充满了一种喜气。

讲个14床和15床之间的笑话吧。14床15床的陪护者都管病人叫爹。有一天，14床的儿子看老爹嘴唇噏动，以为父亲醒来，大喜过望，连忙问："爹，你想吃啥？你要喝酸奶吗？"话音未落，15床大声喊道："要！"15床的儿子根本没准备，只好悻悻地下楼去给老爹买酸奶去了。

5

说说主任和医生：

每个早晨，曹主任都一脸严肃地走进屋，他的身后跟着同样一脸严肃的医生和实习医生。曹主任是科主任，查房时他总愿意背着手，手上或攥着个车钥匙，或者是很长的门钥匙，或者什么也不拿也背着个手，就是个习惯。他少有笑容，年轻英俊，在我看来，可以演电影，当个演员绰绰有余。

他率领一干人马巡视一圈，亲切地问问14床那位长睡不醒的大爷，有什么反常；问问15床那位总是探头探脑的、注定半身不遂的病人能不能说话；到了16床，他喊道"魏桂芝！"声音严峻而凌厉，而魏桂芝只能呜噜呜噜，表示要说话的意思。按他的想法，这个人已经能够说话而故意不说；到了我这里，开始时他只问名字、年龄——他当然知道这些，必须要我回答——他在检验我是不是清醒。

等我稳定之后，一走到我面前，就调侃地说："大作家，感觉怎么样啊？"虽然也还严肃，但是口气明显不一样。他自己解释说，王主席关照过，一定要把你治好。他说的王主席显然是文联的王主席，想我与王主席平时见面也就是打打招呼，这次住院人家又是找院长落实床位，又是亲自嘱咐科主任，心中只能怀着感激。

待更熟悉些，他也开玩笑。比如，当我有思想顾虑时，他说："凭你的智慧，还能想不明白吗？"治疗是靠科学，智慧怎么能解决问题？我右胳膊能抬起来了，手也有感觉了，喜不自禁地跟他显摆，他跟我握握手说，"你这只手当然要好起来，这只手是人民的手啊！"你听听，这是一般的俏皮话吗？

主治医生姓刘，到现在我也不知道叫刘啥，相当一段时间，他根本不和我交谈。也是年轻英俊的面孔（我发现，年轻人穿上白大褂就英俊起来），也是不会笑似的，只和我大小舅子谈话，神神秘秘的。我的手稍好之后，我跟他同样显摆，你猜他说啥？人家说："等你手彻底好了之后，给我写幅对联。"看他说话的口气不像是开玩笑，我以为他看书法家协会主席来看我，借机索一张名人的字画。我试探了一下，不料，他说，"我就要你的，你是我的患者，写好写坏都不要紧，有意义。"

半个月之后，大有好转，我要求下地，我大小舅子去问他，他说："躺着吧，他能站起来就想跑。"他的意思当然是为了我好。

我出院那天，让妻子买了点水果送他们。曹主任不在，刘医生反复推让，总算脸上有了点笑容，是那种羞涩的笑容。我临走时，他还是那句话："你别忘了啊，给我写幅对联。"

瞧瞧，多么可爱的医生！

6

再说说护士。

对于护士我过去不懂，这次住院发现，她们有严格的界限：最基础的是护理员，穿着白底蓝花图案的衣服，不戴帽子。护理员的工作仅限于整理床铺用品、量量体温、测测血压什么的；实习护士乍一看，看不出什么区别，穿衣戴帽和护士差不多，但胸前有一红牌；真正的护士衣帽俨然，有一个蓝色的领结。

每个早晨，先于医生，护理员就进来整理床铺，接着护士长就率领着那些女将走进来。这个护士长很厉害，既体贴病人，又会做思想工作。走到14号，问："老爷子还睡呐？你们对我们的服务满意不？"因为老爷子随时要吸痰，她嘱咐手下随叫随到。家属说："满意，满意。"

护士长说:"不满意跟我说。"

走到15床,患者正在酣睡,她推推他,"来,醒醒醒醒,一大早晨就睡,晚上干啥?"那个患者醒过来。"你叫啥?"护士长问。"我姓李",患者懵懵懂懂、所答非所问地说。护士长说:"我知道你姓李,我问你叫李啥?"护士长交代陪患的儿子说:"一定要让他说好自己的名字。"儿子说:"他懒透了。"护士长当啷一句:"我看是你懒。你有空多和他交流交流。"儿子给弄得挺不好意思。

到16床,她喊一声"魏桂芝!"声音自然也是凌厉,还辅之以动作,在什么敏感部位掐了一下,魏桂芝自然没有醒来。

到我这儿,看我醒来,问我:"郝作家,啥时把你的书给我一本呀?"我说:"马上,马上。"我跟她反映右边脑袋有点疼,她说:"你是闲的,越想越疼。"挺怪,经她一说,立马就不疼了。

有一回她来,正赶上我排便,躺在床上痛苦不堪,她笑着说:"别不好意思,多大的领导都得干这个事,你知道吗?到我们这里普遍都升官,都当'师(湿)长',你不错了,还没当'师(湿)长'呢。"她说的"师(湿)长"我当然明白,那是指大小便失禁的病人。

负责我们病房的护士叫赵颜,个子不高,特别热情,嘴特甜,管14床爷爷爷爷地叫,让患者家属很受感动。对其他人也不例外,大家都喜欢她。有一天,她进来就哭了,大家问她咋了,她说:"这是我最后一天为大家服务了。"大家很诧异,一问,五楼脑外伤科急要一个护士,护士长要让她去。我们大家都急了,我虽然起不来,就派小舅子以我的名义去反映,14床也去说,第二天早晨,赵颜笑了,说她不去了。

过一会,护士长来了,她说:"你们竟给我添乱,我让隔壁病房那个护士去,人家患者也来反映,理由说得比你们还吓人,人家说,要是我把那个护士给调走,他的血压立马就升高。"

我们哄地一下都笑了。

7

其实，最让我感动的还是护理我的亲人。近三十天，我有病痛苦，他们是痛苦加劳累。

先说我妻子。以往，我把妻子的生活说得天花乱坠，什么弹钢琴呀，上网炒炒股啊，关注一下台湾和她的偶像马英九啊，再就是定期上合唱团唱唱歌啥的。这回我一有病，天塌了，她的世界自然彻底乱了套。她是一个不经事的人，我有病的电话打给她时，尽管老边尽量说得轻描淡写（老边肯定是处理这方面事情的高手），我妻子还是慌了，赶紧把她弟弟叫上，俩人在出租车上一边走一边分析，我妻子还往好里想，是不是他低血糖了？我小舅子马上一针见血地指出，低血糖还用给你打电话吗？我小舅子还是清醒，俩人越分析越严重，可能什么都考虑到了。我妻子立刻哭了起来。

见到我那一刹那，我妻子有底了。她后来说："我一见到你，看你的目光，就知道你特别清醒。""我特别怕你傻了，你知道吗？"我妻子后来说。我说是，我也怕我傻了。

我妻子那弹钢琴的手，只能喂我三顿饭和接屎倒尿了。可恨的我在大便时，好像故意跟她作对似的瞪眼便不下来（糖尿病人大都这样），还不能太使劲（医嘱），每次都两个小时以上，最长时间达4小时，我又羞又愧，她还得忍住臭味不断地安慰我，那时我恨不得自己死掉算了。

那十几天是最冷的时候，考虑让我吃好，她总是从家里带饭，背个挺大的兜子，一个娇小的、五十多岁（五十多岁也可以称娇小吧）的女人来回挤公共汽车——她从来舍不得打车（除了极特殊情况），我想一想就难受。

晚上，她就挤在我的床上和我一起睡，她平时贪睡，虽然屋内整宿亮着灯，患者和陪患的发出不同的声音，唠嗑，说笑，咳嗽，喊叫，呼噜等等，还包括我这个白天已经睡足觉，总是忍不住翻身的人，你想想她能睡消停吗？几天下来就有眼袋了。

她和我大小舅子轮班倒。大小舅子也是个特别细心的人，我的一举一动他都看在眼里，常常是，还没等我说话，他就伏过身来问我："干啥？"

他为我洗脸，为我搓脚，为我揉麻木的胳膊，喂我吃饭，还为我接尿，几乎闲不下来。

他对有些气味过敏，整天咳嗽。我知道，这医院里一定有什么气味让他过敏，我问他他也不说。直到出院的某一天，他才说，是厕所旁水房的垃圾让他敏感。我问他，你咋不说，他说，"说了有啥用，还不得天天去倒尿。"

后来，他看他姐实在太累，要求夜间看我。他看着我就更痛苦了，他不好意思打搅我，只好睡在小小舅子拿来的一把椅子上。那哪叫睡觉啊，其实就是困得实在不行了打个盹而已。而且他还常常咳嗽，他怕咳嗽影响大家，就跑到走廊上去咳嗽，一宿根本睡不了几个小时。

亲人啊，啥时看出是亲人？

在我出院后，他终于累病了，感冒，高烧38度多。恰好工作在外地的儿子元旦回来了，我说："你代表爸爸看看你大舅去吧，他是替你累的。"

儿子、儿子的女朋友乖乖跟着我妻子去了他大舅家。

8

我现在是个病人了，是个地地道道的病人了。我每天需要至少吃常用药两种，要经常锻炼说话和运动手指，我要不说话就要变得口吃，我要不活动手指，我的至少三个手指就像胡萝卜一样麻木。

好在医生告诉我：数月之后你能恢复得像正常人一样——这让我充满信心！

实际上我已经不怎么害怕，我起码大脑清醒，有那么多残疾人还能写作，我这算什么，这只是暂时的，不过是生命给我提了个警告罢了。

通过这场病，我懂得了生命的重要，看到了危难时朋友的相助和亲情的关怀，看到医护人员尽职尽责，也使我更加坚定我的写作信念，更加努力勤奋地写作，以报答这个美好的世界，报答这些有着美丽心灵的人们。

2013 年 2 月 19 日